# 내 영혼의 조각보

# 내 영혼의 조각보

이정옥 수필집

가던 길을 잠시 멈추어본다
돌아보니 모두가 사랑이고 감사며 은혜였더라

좋은땅

## 저자의 말

파란 하늘 익어 갈 때쯤이면

해맑은 아이들의 웃음소리 골목길을 걸어오고

차곡차곡 쌓였던 세월의 강가에서

호루라기 소리 들리는 것 같아 달려가 보니

첨벙첨벙 헤엄치던 어릴 적 소꿉동무 친구들

봄을 타고 노는 햇살처럼 반긴다.

타박타박 걷던 여름날의 발자국 소리

어머니의 목소리 같아 반갑고,

소낙비 후다닥 휘몰아치고 천둥번개 고함치면

달려와 그 품에 꼭 안아 주시는

어머니의 따스한 숨결 느껴져

안도의 숨을 쉬었던 날들이 한 페이지씩 넘겨진다.

울창한 숲들이 제 임무를 마치는 때가 왔나 보다.

하늘 향해 끝없이 달려가던 숲속 친구들 소리 잦아들고

푸른 이파리들의 얼굴에 기미가 생기기 시작하니

생의 끝자락이 보이는 것일까 여기저기서 길 떠날 채비를 한다.

살며시 눈을 감아 본다.

빠르게 달리기만 하면 골인 지점에 다다를 것이고

원하는 것이면 다 얻을 것이라 생각하며

내 영혼의 조각보

대문이 열리고, 마을이 열리며, 하늘이 열릴 것이라 힘차게 달렸다.

누군가 인생이란 롤러코스터 같다고 했다.

저마다의 삶에 수를 놓는다면 어떤 수를 놓을까 생각하며 지금까지 걸어온 발걸음을 잠시 멈추어 본다. 영혼의 깃발 앞세우며 누구나 건너야 할 삶의 크고 작은 징검다리, 그때마다 발견한 보석들을 버리지 않고 여기저기 모아 두었다. 모아진 크고 작은 이야기들로 영혼의 집 한 채 지어 본다. 처음이라 둥글둥글 원만한 집이 되지 못하고 모난 곳이 많으리라 믿는다. 그러하더라도 누군가의 가슴속에 희망 하나, 소망 한 바구니 담아갈 수 있는 쉬어 가는 집이 되었으면 하는 바람을 가져 본다.

작은 집 하나 지을 수 있도록 온갖 정성 다 바쳐 이끌어 주신 나의 사랑하는 어머니와 가족들, 격려와 성원으로 함께 하신 문우님들, 신앙의 길로 인도해 주신 모든 분들의 사랑에 감사를 보낸다.

2022년 8월
저자 이정옥

# 목차

## 1부
## 숨 쉬는 순간마다

1부
-----

# 숨 쉬는 순간마다

# 피난처

옷깃을 여며도 몸속으로 파고드는 외로움이 두 손으로 눈물을 훔치며 이불 속으로 파고들어도 시리게만 느껴진다. 시린 겨울 방바닥 같은 고독이 온몸을 휘감을 때쯤이면, 한 잎 두 잎 떨어지기 시작하는 이른 가을의 서걱거리는 낙엽소리 심상치 않게 들려온다. 차마 말로 다 옮길 수 없어서 가슴으로 삭이는 긴긴 겨울밤, 낙엽처럼 나를 버리고 눈을 감으니 마음의 평정이 내리던 순간처럼 하얀 눈이 내렸다.

사방이 막혀 어둠 속을 헤맬 때, 문 열어 주며 기대라 하는 것 같아 살며시 손 내밀었을 때, 든든한 바위가 되어 다가오니 어머니의 등처럼 포근했다.

참았던 울음 다 털어 놓아 강이 되어도 울어라 했다. 감당할 수 없는 가시가 찔러도 그 가시 뽑아 주며 호호 불어 주니 한 밤을 자고 난 후 상처자국 하얗게 변했다. 터질 듯한 침묵의 잔을 살며시 받아 주며 아무 염려 말고 일어나 걸으라 했다.

가까이 다가와 손 내밀며 다독여 주는 당신이 있어 참 고마웠다고, 내 삶의 피난처임을 살며시 속삭인다.

# 만만세

울긋불긋 고운 단풍잎들 바람 따라 날리고 한낮의 햇살이 유난히 빛나는 시간, 내 마음의 발길 위에 미소가 번진다. 스스로 만들어 낼 수 없는 귀한 보배들이 나와 함께 하자니 이보다 더 멋진 만남이 어디 있을까 싶었다.

바라만 보아도, 생각만 해도 웃음이 절로 일게 하는 아이들, 가을 햇살 밤하늘의 별처럼 영롱한 모습, 그들이 내게로 온다니 약속한 날을 손꼽아 기다렸다. 탐구여행을 떠나는 아이들, 부족한 나를 초대해 준다니 감사가 앞섰다. 아이들은 내게 무슨 질문을 던질까, 무엇으로 이 감사의 마음을 전할까, 선생님과 부모님까지 10명이라고 했다. 조그만 선물을 준비했다. 일상에서 만나는 아이들인데도 어느 하나의 모임을 통하여 그 프로그램에 참여하는 시간 속에서 만나는 또 하나의 색다른 세계로의 여행이었다.

'만나면 만날수록 넓어지는 세상'이란 뜻을 가진 만만세. 무슨 뜻일까 궁금했는데 인솔선생님의 이야기를 듣고 나니 "그래, 바로 이것이야."라며 박수를 쳤다. '방정환 하늘학교' 학생은 몇 명 되지 않지만 새로운 아이디어의 프로그램이 색다르게 느껴졌다. 멀리 가지 않고 지역민들의 삶 속에서 그 한 사람, 한 사람의 생애를 통하여 배우고 느끼면서 희망과 용기를 가질 수 있는 시간이 되지 않을까 생각했다.

토요일 오후에 가진 만만세 모임은 '방정환 하늘학교'의 학생들뿐만 아니라 뜻이 같은 다른 학교의 아이들도 있었으며 부모님도 참석할 수 있는 모임이었다. 초대한 분의 일생과 직업에 대하여, 직업을 가지게 된 동기와 만족도, 수입, 힘들고 어려운 점, 보람 있었던 일, 언제까지 할 것인지 등 12가지의 질문을 학생들이 돌아가며 했다. 자기가 맡은 순서를 기다리며 진지하게 진행하는 모습들이 대견스러웠다.

초등학교 2학년부터 5학년까지 아이들로 구성된 모임인데 듣는 태도가 얼마나 진지한지 누구에겐가 전하고 싶었다. 자기 말만 하고 상대방의 이야기는 들으려 하지 않는 어른들이 한 번이라도 보고 느껴서 실천하는 삶으로 엮어 갔으면 참 좋으리란 생각을 했다. 이런 아이들이야말로 경청의 자세를 가르쳐 주고 배려의 마음을 실천하게 하는 참 스승이 아닌가 싶었다.


저마다의 행복한 삶을 살기 위하여 부단한 노력을 하지만 어느 길목에서 장애물을 만난다. 왜일까? 스스로에게 물음을 던져 보지만 쉽게 대답을 얻을 수 없다. 여기에는 분명 두 가지의 원인이 있으리라 생각해 본다. 자연적인 것과 인위적인 것으로 인하여 일어난다는 것, 아무리 현명하다 해도 자연적인 재해 앞에서는 예측할 수도 감당할 수도 없는 것임을 안다. 다만 정도의 차이는 있지만 조금이라도 극복할 수 있는 것은 인간의 노력에 따라 달라질 수 있다는 것이다.

아이들이 한 가지, 한 가지 질문을 할 때마다 언어의 소중함을 다시 한번 알게 되었다. '말 한마디에 천 냥 빚을 갚는다.'는 속담은 모르는 이가 없을 정도로 많이 듣고 배웠을 것이다. 그러나 문화와 환경의 영향일까 언어의 폭력이 난무한 시대를 살고 있다. 말 한마디는 예리한 칼날보다 강하여 한 사람의 순수한 영혼에 상처를 입히어 돌이킬 수 없는 아픔을 주기 때문이다. 그날 아이들의 말 한마디, 한마디는 내 영혼의 노래가 되게 하고 한 송이의 꽃이 되게 했으니 그저 감사하기만 했다.

하루의 일정을 마치고 잠자리에 든 순간에도 육신의 나이테는 간곳없고 뽀송뽀송한 아이의 얼굴처럼 내 마음 환하게 웃을 수 있었으니 소확행의 즐거움은 바로 여기에 있다는 것을 누구에겐가 다가가 소곤소곤 얘기하고 싶었다.

# 고향마을 나들이

가슴이 먹먹해지며 검은 구름 사이로 스쳐가는 노을이 예사롭지 않게 느껴진다. 눈감으면 떠오르는 그리운 모습들, 어린 시절 뛰놀았던 뒷동산이며 개울물소리가 메마른 대지의 가슴을 흠뻑 적서 주는 생수의 노래로 들려온다. 지금쯤 그곳에는 누가 삶의 보따리를 풀어 놓고 하루란 시간 위를 달리고 있을까, 공깃돌놀이, 제기차기, 사방치기 등의 놀이를 하던 아이들에게 그늘이 되었던 마을의 정자나무는 지금도 그대로 있을까 꼭 한번 가 보고 싶었다.

삶이란 울타리에 갇혀 일상을 쉽게 털치고 나서지 못했던 시간들, 돌아보니 주어진 하루를 지혜롭게 사용하지 못했구나 하는 아쉬움이 앞섰다. 망설이고 다짐하며 기다렸던 하루 용기를 냈다. 비가 와도 먹구름 몰려와도 주저하지 않으리라. 두 다리로 걸을 수 있을 때, 새록새록 잠든 아가의 뇌 기억처럼 새살이 돋을 순 없을지라도 더 사라지기 전에 그곳에 서 보고 싶었다.

도란도란 엮어 가는 이웃들이 하나둘 해외여행을 떠나지만 뒷받침해 줄 힘이 없는 현실로서는 꿈으로 텅 빈 그 자리를 메운다. 넉넉하게 주어진 하루를 선물로 간직하며 후회도 원망도 하지 않으리라. 마치 꽃마차를 타고 오솔길을 걷는 공주처럼 꽃무늬 원피스에 하늘거리는 조각보를 걸치고 꽃 모자를 썼으니 어디 이보다 더 아름다운 아가씨가 어디 있나 싶었다. 잠시나마 서운했던 해외여행이 부럽지 않았다.

대문을 나서는 순간, 어느 멋진 왕자가 달려와 살며시 손 내밀며, "함께 가실까요?" 할 것 같은 기분이었으니 이보다 더 좋은 날이 어디 있을까. 오늘 하루 주어진 시간 비가 오면 비를 맞고, 바람이 가자 하면 어깨동무하고, 가끔은 하얀 솜털구름 속에 살짝 안기며 8월의 태양과 숨바꼭질하면서 놀아 보리라. 걷다가 힘들면 노부부가 엮어 가는 분식집에 들러 국수 한 그릇, 조금 부족하다 싶으면 "여기 김밥 한 줄만 더 주세요." 이런 상상이 끝없이 이어졌다.


혼자서 떠나는 여행을 즐기는 나는 어둠이 내리기 전에 돌아오는 일정이므로 어디서 자야 할까, 무엇을 먹을까 염려하지 않아도 되니 많은 짐들이 필요 없다. 작은 가방 하나 메고 물 한 병이면 족하다. 인생이란 아무리 많이 가졌어도 마지막 종착역에서는 홀홀 다 던져야 하는 것이 아닌가. 누가 재촉하는 것도 없다. 시간에 쫓기지 않아도 되니 온 우주가 내 것이었다.

세월의 숫자가 하나둘 성을 쌓으면서 그리움 하나 더 포개졌다. 철부지 어릴 적 토닥거렸던 이야기들이 살아나는 고향, 무엇이든 감싸 주시던 어머니의 품속이 그리워지는 그곳에 가고 싶었다.

모래알 반짝이는 산골 조그만 개울물에 빨래하시는 어머니 옆에서 하얀 고무신에 피라미 한 마리 담으며 온 세상이 떠나갈 듯 소리치면서 기뻐하던 모습이 지금도 눈에 선하다. 고향이란 이렇게도 마음을 설레게 했다.

오랜만에 타는 군내버스라 그러한지 모두가 생소했다. 어디서어떻게 타야 하는지 차비는 얼마이며, 낯익은 사람이 있을까? 이런 생각을 하며 두 시간을 기다려 마침내 버스를 탔는데 그 옛날길로 가지 않았다. 순간, 목적지로 가는 버스를 타지 않았는지 덜컥 겁이 났다. 다시 한번 확인을 하며 안도의 숨을 쉬지만 옆에 앉은 손님들의 모습이 낯설기만 했다.

버스에서 내려 마을 입구에 들어서려는데 안내판에 새겨진 낯선 글자, 내 어릴 적 동네 이름이 아니었다. 언제 바뀌었을까, 버스에서 내린 한 분이 뒤를 따라 오신다. 걷는 모습이 힘들어 보였다. 어디 누구 집에 가시는 걸까 궁금했다. 살며시 다가가 "이 마을에 사세요?" 하고 말을 걸자 "모친이 누구시더라, 갈말댁." 하시는데 머리가 하얘진다. 나는 빨리 기억나지 않는데 '갈말댁'인 나의 어머니를 떠올리시며 코흘리개 어린 시절의 내 모습을 기억하셨다.

"오랜만에 왔으니 우리 집 가서 좀 쉬어가세." 어머니도 계시지 않고 집의 형체마저 없는 내 고향집이라는 것을 아셨기 때문이리라. 감사하는 맘으로 할아버지를 따라가니 어릴 적 드나들었던 집이 낯설지 않았다. "여보, 손님 왔소." "누고." 하시며 나오시는데 허리가 많이 불편하신 것 같았다.

고향방문을 한 내 마음을 환히 들여다보시듯 "이렇게 그리운 고향집을 찾아왔으니 동네 구경 한 바퀴 둘러보세."라며 유모차를 끌고 나오셨다. 한 집 한 집 지날 때마다 여기는 누가 살며, 저기는 누가 새로 이사를 와 산다며 자세히 설명해 주셨다.

정자나무 아래 모이신 할머니들의 대접을 받으며 잠시나마 추억에 젖었던 시간들이 행복하기만 한데 "우리 집 빈 방 있으니 하룻밤 쉬어 가게." 하시던 할머니의 배려에 내 어머니의 품에 안긴 듯 가슴이 따뜻해지는 것을 느꼈다. "네, 감사합니다." 이내 눈시울이 붉어졌다. 오래전 어머니가 떠나시고 친척 하나 없는 마을이지만 아쉬움을 짐작이라도 한 듯 내 마음에 위로를 보내 주신 할머니의 따뜻한 사랑, 설령 인사치레의 말일지라도 얼마나 고마웠는지 몰랐다.

감동은 큰 것에 있지 않아 작은 말 한마디에 위로를 받게 된다. 하루를 마무리하는 노을이 가까울수록 집으로 향하는 발걸음이 가벼운 것은 어머니의 품속 같은 고향을 다녀왔기 때문이리라.

# 살아간다는 것

영혼의 바람은 어떻게 생겼을까? 비 갠 후의 산자락에 걸려 머뭇거리는 모습일까, 솔솔 부는 봄바람이 데리고 오는 꽃향기일까, 저무는 노을을 엎고 집으로 향하는 농부의 발자국 소리에서 묻어나는 애잔한 숨소리일까, 늦은 가을 서걱거리는 억새풀들의 울음소리일지도 모른다는 생각이 스치자 이내 가슴에 스며드는 삶이란 무게가 두 어깨에 내린다.

부음의 소식이 날아왔다. 속해 있는 단체의 회장을 맡아 최선을 다하는 모습이 눈에 선한데 아직은 너무 젊다. 약한 회원의 환경을 배려해 주시던 마음 씀씀이까지 하나하나가 소중한 추억으로 기억되었기에 문자에 적힌 소식이 믿어지지 않아 다시 보아야 했다. 지난 해 출판기념회에서 만나 너무나 반가워했었는데 아니야, 잘못 전해졌으리라. 아무리 수긍하고 싶지 않지만 현실로 받아들여야만 했다.

숨 쉬는 동안에는 걸어야 하고, 마음이 상해 울적할 때도 생명이기에 살아 내려 발버둥을 친다. 나를 내려놓지 못해 시린 가슴 안고 울어야 하며, 버리지 못하여 상처 입은 마음 다독이지 못하고 서럽게 흐느끼는 가슴을 토닥여 본다. 노란 새싹의 앙증맞은

내 영혼의 조각보

세월이 지나고 무성한 수풀이 천하를 휘두를 것 같았는데 이 나무 저 가지에서 뚝뚝 기운이 떨어지고 있다. 할 말이 많을 것 같은데 한마디도 던지지 못하고 바람 불면 부는 대로 비가 오면 비를 맞는다.

감사의 소리가 들리는 것은 봄, 여름, 가을, 겨울 한 번만 만나고 가는 식물일지라도 사건 사고 없이 병원 한 번 가지 않고 살다 가기에 축복된 삶이라 여겨진다. 이마에 주름이 지고 흰머리가 세월의 무게를 데리고 온다. 누구나 오래 살기를 원하지만 원치 않는 사건 사고와 질병 앞에서 고통스러운 날들을 보내야 한다. 한여름 무성하게 뻗어나가는 숲속 열정만큼 청춘의 기세를 뽐내는 사람들이지만 코로나19란 바이러스 앞에 얼마나 무서워하며 떨고 있는가.

자연의 섭리는 참 묘하다. 강변을 걷다 깜짝 놀라 발걸음을 멈췄다. 강물 위에 구름이 떠다니며 물결과 마주칠 때면 춤이라도 추는 듯 일렁거리는 모습, 강물 위로 마실 나온 것일까, 가까운 하늘 바다 두고 소꿉놀이하듯 졸졸 흘러가는 강물 위에 풍덩 빠져 물속 친구들과 놀다 가고 싶었을까. 저 높은 하늘 위의 구름이 강물 위에 떠 있으니 호기심 많은 어린아이마냥 신기함에 감정을 추스르지 못한다. 생전 처음 보는 광경이기에 지나는 이웃을 불러 세운다, "여기 좀 보세요. 소풍을 왔나 봐요. 구름이 수영을 하고 있어요."

두 개의 하늘 사이에 집들이 우뚝 서 있고, 사람들이 밥을 먹고,

운동을 하며 아주 자연스럽게 걸어가고 있다. 마치 환상의 순간이 스치고 가는 듯 착각을 일으킨다. 하늘과 구름도 가끔은 강물 위로 여행을 떠나는가 보다. 지는 해를 좀 더 머물게 하고 싶은 것은 욕심일까. 노을에 두 발을 담그는 마음이 심란해진다. 한 평 땅을 내어 주기 싫어 원수가 된 이웃들, 다름을 인정하지 못해 미워하는 가족들, 산마루에 걸린 노을을 바라보면 얼마나 부질없는 것이라는 것을 알 텐데 말이다.

달리는 차창 너머로 백발이 되어 휘날리는 갈대의 손을 잡아 본다. 서걱거리는 내 가슴인 냥 손끝이 시리다. 저기 서면 끝인데 우리는 무얼 얻고자 그토록 아파하며 가슴이 미어지도록 통곡해야 하는가, 한 발자국만 멀리 서면 다 보이는데 우리는 손잡고 가야 하는 나그네 길을 가고 있지 않는가. 이른 새벽 내 것이라며 꼭 끌어안다 가슴 찢는 소릴 들어 본 적 있는가. 어쩌자고 그토록 미워하며 꾸역꾸역 토해내야만 한단 말인가. 창틈으로 들려오는 절규와 비명소리를 듣는 나는 누구이며, 어느 낯선 곳에서는 탄탄대로를 달리며 환한 꽃다발을 들고 웃는 이들이 있다. 반면에는 두 발아니 온몸으로 달리지만 뒤틀리는 현실의 벽 앞에서 좌절하는 이들이 있다. 소리 없는 교만의 자태가 바람에 나부낄 때마다 환한 햇살도 등 돌리며 어둠을 몰고 오는 것이라고, 소리쳐도 누구 하나 말리지 않으리라. 그러나 축복도 좌절도 영원하지는 않는다는 것, 언젠가 왕성하던 풀잎에도 이슬이 내리고 화려한 꽃들도 시들어 뚝뚝 떨어져 내릴 것이다.

조용히 소리 내어 본다.

"우리 함께 어깨를 나란히 하며 걸어가자."

# 말 듣기

"오늘 하루는 듣기만 하리라." 몇 번이고 소리쳐 본다. 작정한 지 오래지만 실천하지 못했기에 더 의미 있는 날인지도 모른다. 시간의 제약 앞에서 늘 머뭇거리며 동행의 무리 속에 걸어가야 했다. 관계의 형성으로 서로 다독이며 살아가야 하는 삶인데도 나의 주장만 고집하며 살아왔다. 끝없는 질주를 하려는 자아를 제어하지 못하여 부수고 때리는 소리가 여기저기서 들린다. 인간의 마음속에는 두 개의 자아가 있어 어느 쪽으로 기우느냐에 따라 기쁨과 슬픔의 열매를 맺는다고 하니 눈에 보이지 않는 이것을 다스리기는 참 묘한 일이다.

인간 본능 질주의 욕심은 브레이크가 작동하지 않는 한 타협의 기미를 보이지 않는다. 말없이 흘러가는 강물이 무슨 얘기를 하는지, 이른 아침 창가에 들려오는 새소리가 무슨 소식을 전해 주는지, 불길한 징조가 머리끝에 와닿지만 잠시도 멈추지 않는다. 깊은 수렁에 빠지고서야 이게 뭐지 한다. 가끔은 타오른 욕망 위에도 맑은 물로 세수할 수 있는 시간이 필요하다는 것을 생각게 한다.

이 해의 문학기행이란 지난 몇 년의 화려했던 시간에 비하면 홀

내 영혼의 조각보

로 가는 삶의 외로움과 속삭일 수 있는 시간이었다. 걸어가는 계단 위에 새로운 또 하나의 수채화를 그릴 수 있는 의미 있는 날이기도 했다. 세월의 숫자 앞에 꼼짝 없이 항복해야 하는 삶, 산 그림자를 친구 삼으며 토닥토닥 주어진 시간들을 알차게 엮어 가시는 노시인과 함께 하는 시간이기에 감사했다. 연초록 나뭇잎 위에 반짝이는 햇살이 더 아름다운 것으로 다가왔다.

누군가를 위하여 큰일 하지 못하여도 들어줄 수 있는 귀 있음에 감사했다. 오밀조밀 일상의 관계를 뿌리치고 하루란 시간 위에 나만의 여유를 얹어 보는 순간, 차창에 스치는 싱그러운 바람이 이내 속내를 알기라도 한 듯 속삭인다. 마주하는 눈빛이 예사롭지 않은 각가지 꽃들의 자태가 가슴을 울렁이게 한다. 어제도 피었을 텐데 오늘 더 아름답게 느껴지는 것은 무엇 때문일까, 이색적인 가로수의 풍광이 또 다른 자연의 묘한 섭리를 느끼게 한다.

팔순의 시계태엽이 무엇을 말하는지, 한때는 목련꽃의 우아함과 열정적인 장미꽃의 청춘으로 깃발을 앞세웠다. 더 높이, 더 멀리 날고 싶은 용기로 깃발을 흔들지만 어느 날 메마른 대지 위에 홀로 서 있다. 멀리서 보면 화려해 보이는 것들이 가까이서 보면 아주 작고 초라해 보일 때가 있다는 것, 가끔은 멀리 바라보는 여유도 필요한 것이리라. 특별한 문학기행이라 그러한지 창문을 여니 봄바람이 친구 하자며 속삭이고 따스한 햇살이 한 아름 웃음보따리를 들고 내려온다. 나도 질세라 갖가지 종류의 꽃들을 반긴다. 여행의 묘미를 다시 한번 일깨워 주는 시간이었다.

세월의 외톨이가 되지 않을까 잠시 주춤거렸던 두 분과 함께 한다는 것만으로도 감사했다. 목적지에 도착하기 전까지 술술 흘러 내보내시는 노시인의 이야기를 들었다. 한 사람의 걸어가는 길이 얼마나 고행의 길인지 아슬아슬한 곡예사의 장면들이 스쳐 지나간다. 푸른 세상으로 덮여 가는 산하를 바라보며 한 삼십여 분을 달려 목적지인 남명조식 기념관에 도착했다. 문인으로 활동하고 계시는 이곳 해설사로부터 남명선생에 대한 이야기를 듣고 다음 일정을 향하여 옮기는 발걸음이 가벼운 것은 왜일까?

세월의 숫자 앞에 무릎 꿇으며 가야 하는 사람들, 100세를 향유할 수 있는 시대라 하지만 영원은 없는 것, 우리는 그동안 주어진 시간을 부드럽게 어루만지지 못하여 서로가 서로에게 상처를 주며 살아왔다. 들어주지 아니하고 자신의 말만 쏟아 내며 들어도 행하지 아니함에서 일어난다는 것, 다시 한번 되새기는 시간이었다.

# 시간여행과 말의 소중함

삶이란 과거와 현재, 미래를 안고 시간 위로 지나는 여행자와 같은 것이다. 시간은 영원히 흐를 것이나 어느 시점에서 모두를 내려놓고 조용히 대지의 맥박 속으로 들어가야 한다. 유한한 인간인 우리는 저마다의 주어진 시간이 있다. 그것을 어떻게 활용하느냐에 따라 지나는 발자국마다 크고 작은 흔적들을 남기게 된다. 똑같은 시간일지라도 어떤 이는 생명을 살리는 일을 하고, 어떤 이는 그와 상반되는 일을 하게 된다. 24시간을 하루로 선물 받은 우리는 이른 새벽부터 동분서주하며 어떤 목표를 향하여 최선을 다해 달린다. 어느 시점에서 다양한 형태의 일들을 만나게 되고, 희로애락의 희비가 엇갈리는 묘한 상황에 처하기도 하지만, 어려움을 극복해내려는 의지를 갖는다. 급격하게 변화하는 과학 문명의 발달로 생활은 편리하고 이로운 점들도 많아졌지만, 예의와 도리가 사라진 세상이 되어 버려 생명의 소중함을 잃어버린 현실이 되고 말았다.

가정에서의 삶이 고스란히 드러나는 저마다의 말투는 다양하다. 무심코 던진 한마디는 그 사람의 말투에 따라 어떤 결과를 가져오는지 새삼 느끼게 된다. 어느 작가는 삶의 과정 속에서 '모든 관계는 말투에서 시작된다.'고 했다. 말의 소중함을 알지만 실천하지 못하여 많은 것들을 잃고 산다는 것은 슬픈 일이다. 고운 말과 차가운 시선의 말이 오갈 때 똑같은 시간일지라도 웃음과 눈물을 만들어 낸다.

초등학교 4, 5학년을 대상으로 한 선비문화체험교실에서 특강을 했다. 여러 환경 속에서 많은 것을 습득해 가는 아이들에게 말의 소중함을 생각해 보는 시간을 가졌다. 누구나 하루에도 수없이 쏟아내는 말, 그 한마디가 얼마나 소중한지를 생각하면서 사랑하는 부모님, 선생님, 친구들, 말로 다 표현하지 못할지라도 진심을 담은 편지글을 통해 전할 수 있다고 했다. 일상 속에서 불평하며 감사하지 못한 마음들이 고스란히 들어 있는 것을 보았다. 분명 그들의 마음속에는 순수의 예쁜 꽃들이 가득한데 주어진 환경의 영향으로 쉽게 드러내지 못한다는 사실이 안타까웠다.

짧은 시간이었지만 편안한 마음으로 아이들과 대화를 나누면서 행복했다. 그들이 꿈꾸는 미래의 정원에 한 송이 한 송이 예쁜 꽃을 심을 수 있도록 용기를 주며, 사랑의 말을 전할 수 있도록 인도받은 한 시간, 내 생애 가장 큰 선물이라 생각하니 모든 것이 감사했다. 햇볕 쨍쨍 내리쬐는 한 여름, 목말라 애타는 그 누군가에게 생수 같은 시원한 말 한마디로 서로를 위로할 수 있다면, 인생의 시간 여행을 하고 있는 우리의 여정이 얼마나 가슴 뿌듯하고 아름다울까 싶었다.

# 다문화 이웃이 살아가는 법

"계세요?"

온종일 일에 몰두하느라 저녁 시간쯤이면 목소리에 힘이 없을 법도 한데 구름 한 점 없는 가을 하늘만큼이나 맑고 깨끗하다. "네." 하고 달려 나가니 그 얼굴이 화사한 목련꽃 같았다. 마주하는 내 얼굴에도 그 눈부심이 옮아 와서 집안이 환해지는 것 같았다.

언젠가 나의 이웃이 된 그녀, 어린 나이에 머나먼 타국으로 시집을 왔다. 그 한 사람만 믿고 왔는데 두 아이를 두고 먼저 간 남편, 있어도 별 도움이 되지 않는 사람이었지만 왠지 허전하고 차가운 냉기가 도는 것은 어찌할 수 없는 사람의 속성인지도 모르리라. 유치원도 가지 않는 어린 두 아이와 살아가야 한다. 재산이라고는 국가에서 빌려준 집 한 채 뿐이었으며 언제 비워 달라 할지도 모르는 형편이다.

훌훌 털고 떠날 수도 있지만 평범한 생각의 고정관념을 깬 그녀, 그렇게 오래되지도 않은 앎이었건만 자신의 생각을 솔직하게 털어 놓았다.

"내게는 두 아이가 있어요. 이 아이들과 아버지는 한국인이잖아요. 비록 아빠가 없어도 열심히 노력해서 훌륭하게 키우겠어요.

나는 이곳이 좋으니 고향으로 가지 않을래요.”

밤낮을 가리지 않고 주어진 일터에서 일을 한다. 쏜살처럼 달아
나는 현실을 살아가려면 자동차가 필요하다면서 1종과 2종 면허
증까지 땄다. 한국말도 서툰 부분이 있지만 잘한다. 작은 체구에
어쩜 저렇게 다부지게 일을 해낼 수 있을까 싶다. 그녀의 계획을
듣는 순간 이른 아침에 맞이하는 환한 햇살만큼 예쁘게 느껴졌
다. 갑자기 운전을 해야 할 때가 있지만 면허증이 없는 나로서는
부럽기까지 했다. 꼭 필요하면 남편이나 아들에게 부탁을 하지만
내 맘 같지 않을 때가 있으니 말이다.

한동안 몸이 불편하여 힘든 시간도 있었지만 텃밭에 옥수수, 토
마토, 과일 등을 심어 수확을 하면 잘 보듬고 다듬어서 가지고 왔
다. 얼마나 정성을 다하는지 깨끗이 씻은 대파를 한 바구니 담고,
맛있게 삶은 옥수수와 싱싱한 오이, 가지, 방울토마토를 가져오기
도 했다. 이렇게 정성스런 선물을 받기에는 너무 과분하다는 생
각이 들 정도였다. 아무것도 준 것 없고, 누군가에게 말하고 싶은
그녀의 이야기를 들어주었을 뿐인데, 온몸과 정성을 다하여 최선
을 다하는 삶이라면 하늘도 외면하지 않으리라고 용기를 건넸다.

당당해야 산다. 사람 사는 곳엔 다양한 모습들과 어울려야 한
다. 무엇인가를 이야기하고 싶은 날인가 보다. 작업 중에 있었던
상사의 말투에 대한 불만을 토로했다. “어이, 이것 좀 해.” “어이가
뭐예요. 내 이름 있잖아요.” 가슴에 붙은 이름표를 내밀었단다.
상하의 구조가 엄격한 직장에서의 모습, 평범한 일상으로 이어지

는 회사 내의 구조적인 것이라 처음 입사를 하고 배워야 하는 입장에서 호칭을 뭐라 부르던 그렇게 받아들일 수 있는 일이기도 하지만 옳고 그름을 당당하게 말할 수 있는 모습은 얼마나 아름다운가.

쏜살같이 달아나는 문화의 흐름 속에 살고 있다지만 잘못된 관습이 불쑥불쑥 튀어나와 던지면 여린 성격의 소유자들에겐 희생양이 될 수밖에 없다. 만물의 영장이라고까지 하면서 떨어지는 낙엽도 쓰다듬어 주며 위로해 주어야 할 일이 아닌가. 어디에서 누구를 만나도 환경과 직위에 굴하지 않고 불의에 당당히 맞서는 모습을 보면서 "그래 잘했어요."라며 용기를 주었다

"회사의 일도 내 일처럼 해야 하느니라." 처음 회사에 출근하던 날 그녀의 엄마가 주시던 말씀이 생각난다고 했다. 여기에는 두 가지의 사고방식이 존재하며 때로는 불협화음을 만들어낸다. 자기에게 맡겨진 일 외에는 옆에서 아무리 끙끙거려도 조금의 배려심이 없는 동료와 자신의 일을 다한 후에도 퇴근하지 않고 신입생의 일을 도와 끝까지 함께 하는 사람, 그녀는 후자에 속했으니 짧은 시간이었지만 많은 사람들의 시선을 끌게 했단다.

"내게 주어진 일에는 최선을 다하려고 해요." 회사에서 있었던 일들을 신나게 이야기했다. 일하는 것이 재미있단다. 사장님도 열심히 사는 모습이 예쁘다면서 관청에 이야기해 몇 년간 집을 비워 주지 않아도 된다며 신이 났다. 아무리 어려워도 수급자의 혜택만 바라지 않고 건강이 허락하는 한 최선을 다해 살아가겠다

는데 얼마나 올바른 생각을 하는지 내 자식만큼이나 기특했다.

　힘들 때 토닥여 주는 이는 큰 산이다. 회사에 처음 입사해 힘들어 하며 어려움을 겪고 있을 때 "내 딸 너는 해낼 수 있어."하면서 안아 주시던 엄마, 얼마나 큰 힘이 되었는지 눈물이 났다고 했다. 남편도 없는 타국 땅에서 삶이란 넘고 넘어야 할 산들이 앞을 턱턱 막지 않는가. 곁에 계시지 않지만 엄마란 이름만 들어도 가슴이 울컥해지는 것은 나 또한 힘든 고비마다 그런 사랑을 받았기 때문이리라.

　얼마나 하고 싶었던 이야기인가, 시간은 자꾸 흘러가는데 이야기에 신이 났다. 좀 피곤하더라도 끝까지 들어주는 것이 그녀를 도와주는 것 같았다. "어디에서 무엇을 하든지 정직하고 부지런해야 한다고, 아무리 하찮게 보이는 사람이라도 늘 겸손과 존경의 자세로 임해야 한다. 주어진 일에 최선을 다해야 한다."라며 확신에 찬 생각을 이야기하는데 어느 유명인사의 강의를 듣는 것 같았다. 그것이야말로 잘 사는 지혜라며 환하게 웃는다.

# 그 말 한마디의 감동

살금살금 들어와 "계세요." 졸음이 놀라 도망간다. 손님이 잠자는 시간은 나도 존다. 그냥 아무 생각 없이 시간의 지팡이에 기대선 하루 반가운 손님이 왔다.

"우리 이사 갔어요. 오늘은 그동안 저희에게 잘해 주셔서 고맙다는 인사하러 왔어요." 얼마나 기특하고 예쁜지 온 세상이 환해지는 것 같다. 무엇 하나 부탁해도 늘 고맙고 죄송하다는 인사를 하며 상대방의 마음을 편하게 해 주던 엄마가 생각난다. 오늘 그 엄마의 예쁜 두 딸이 왔다. 100원짜리 도화지 한 장, 공책 한 권을 사도 늘 고맙다는 인사를 하던 아이들, 유치원 다닐 때 이사를 와 3학년과 5학년이 되었다. 바라만 보아도 예쁘다.

조곤조곤 이야기하는 그 한마디, 한마디 세월의 흔적 속에 희미해지는 나란 존재의 서글픔이 언제 있었냐는 듯 가슴속에 이는 아카시아향기의 보풀이 춤을 춘다. 두 발에 힘이 생긴다. 창틈에 살며시 스며든 이른 아침 실바람이 간질이고 떠난 뒤의 달콤함처럼 생각만 해도 청명한 하늘의 솜털구름이 되어 둥둥 떠다니는 것 같다. 희망의 달 신록이 안겨다 주는 커다란 선물을 받은 순간이다. 뽀송뽀송한 손녀의 볼을 비비며 행복해하는 할머니의 모습이 그려진다.

느슨해진 일상의 끈을 조이며 이 고마움을 무엇으로 나눌까, 내 앞에 선 자매는 한 송이 꽃이었다. 아이스크림 두 단을 쌓아 하나씩 주었다. 꼭 안아 주는 마음으로 "잊지 않고 이렇게 찾아와 줘 고맙다. 다음에 또 놀러와." "네 고맙습니다. 또 올게요. 아, 맛있다. 고맙습니다." 하며 떠나는 그들의 뒷모습을 보는데 내 마음의 세포들이 현을 울리니 말이다. 감동이란 큰 것에 있지 않고 아주 작은 마음속의 예쁜 씨앗이 피워 내는 열매란 것을 새긴다.

산과 들에 즐비하게 피어 있는 이름 모를 수많은 꽃들과 나무들, 한마디 말은 없어도 누군가에게 향기를 주고, 높이 자라되 교만하지 않으며 수많은 사람들에게 유익을 주면서 그냥 주어진 길을 묵묵히 간다. 사람도 말을 하지 않으면 평화로운 세상이 될까. 아니 말을 하면서도 오늘 내게 두 자매처럼 예쁜 마음으로 입술을 연다면 온 세상은 메밀꽃 복사꽃처럼 환하게 피는 세상이 되리라. 따듯한 그 한마디 말이 누군가의 가슴에 스며든다면 그는 세상에서 가장 아름다운 선물을 나누어 주는 천사이리라.


언젠가 누구에게 던진 한마디 말
때로는 위로 되어 새 생명 싹 틔우고
때로는 용기가 되어 희망의 날개를 달아 준다.


말이란 묘해서 같은 단어라도 억양에 따라 기분 좋게, 오해를 살 만큼 나쁘게 들리기도 한다. "말을 할 때는 조곤조곤 하세요." 부드러운 한마디의 말에는 정감이 넘쳐나고 한 발자국 더 가까이 다가가고 싶으니까요. 우리 모두는 말하는 법을 잘 배워 실천해야 할 것 같다. 잠자리에 누우니 오늘 다녀간 두 자매의 모습이 떠올라 마음이 포근해진다. 편안한 밤이 될 것 같다.

# 나의 발견

쏟아 내고 싶은 언어를 삭이며 봄을 건너던 어느 날, 목적지도 없이 터벅터벅 걸었다. 헤아릴 수 없는 정체불명의 소음들이 귓전을 때리고 풀린 동공은 쉽게 일어날 기미를 보이지 않을 것만 같았는데 수없이 펼쳐진 간판들, 잠시 발걸음을 멈추게 한 곳, 진공청소기의 흡입력처럼 그곳으로 빨려 들어간 나, 목을 꼿꼿이 세우고 진열대 위에 가지런히 서 있는 이야기들과 마주친다. 순간, 언어의 무법자들로 인해 평생 갇혔던 내 안의 나도 날개를 달고 하늘을 날 수 있으리라는 상상력, 스쳐가는 그 묘한 확신, 분명 저 안에 풀린 동공에 생기를 불어넣어 줄 수 있는 무언가가 있을 것만 같았다. 《너는 나에게 상처를 줄 수 없다》(배르벨 바르데츠키 지음) 잠시의 머뭇거림도 없이 계산을 했다. 그 안에 무슨 내용이 있는지도 모르는데 가슴을 설레게 했다. 마치 오월의 싱그러움이 닫힌 마음의 빗장을 열어 줄 것만 같았으니 말이다.

언제 어디에서 삶이란 막이 내려질지 모르지만 피고 지는 자연의 길 따라가면 바람도, 햇살도 어깨동무하고 새들도 즐거이 노래하며 함께 하리라 믿었다. 청명한 밤하늘의 보름달 속에도 걱정이 있을까 싶지만 그 속에 가시가 있어 욕심과 욕망이 담장을 넘으면 거리의 무법자가 될 수 있다는 것을, 스치고 지나는 바람이 던지고 간 말일 수도 있다. 그 무엇이 두려워서 나의 언어는 세상 밖으로 나오는 길을 잃어버렸는지, 문은 있어도 박차고 나올 수 있는 용기의 나약함으로 열 수 없었는지도 모른다. 내 마음의 열쇠가 되어 가슴을 두드린 한 권의 책, 어둠 속에서 머뭇거렸던 한 줄기 빛의 탈출이리라.

천지가 열리던 그날, 자연은 우리와 호흡하며 곁에 있을 때 수많은 동식물과 사람이 함께 살아왔다. 사람만이 알아 소통의 역할을 하며 귀중한 임무를 맡은 이 언어는 저절로 얻어진 것이 아니라는 것을 생각해 보지 않을 수 없다. 세상에 태어나 자신을 알리는 신생아의 울음소리로부터 대화의 반열에 오르기까지 어머니의 간절한 기도가 있었으며 동행의 형제가 있었다. 아이러니하게도 이면에 숨어 있는 언어의 마력은 전장의 무기로 가슴 속에 숨어 있다는 것이다. 때로는 사랑의 마술사로 한 생명을 살리기도 하지만 폭군이 되어 평생 지울 수 없는 상처로 남게 한다는 것이다. 무생물의 칼날로 베인 상처는 세월의 숫자 아래 희미하게 베일 수도 있지만 내면에 도사린 언어가 터트린 감정의 날선 칼날은 예전보다 더 날카롭게 심장을 찌른다는 것이다. 그와 함께 소리 없는 문자의 촉수도 날카롭기는 마찬가지다.

어떤 말이나 행동 때문에 자존감에 상처를 받았다고 느끼는 마음 상함의 감정은 쌓이는 비례에 따라 큰 파장을 불러온다는 것이다. 일상생활을 영위해야 하는 현실에서 피할 수 없는 상처들, 어떠한 반응을 보이느냐에 따라 분노든 자책이든 판단력과 자제력을 잃게 할 수 있다. 어디에서 누구로부터 어떤 상처를 받더라도 나를 지켜 줄 사람은 '나 자신'뿐이라는 것이며, 그것을 해결해 줄 열쇠 또한 내 안에 있어 내가 먼저 열지 않으면 밖에 있는 사람은 내 마음의 귀퉁이조차 보지 못한다는 것이다. 누군가의 욕망과 질투로 희생양이 되어 그들에게 자신의 인생을 내어 주지 말아야 한다는 것이다.

상대가 어떤 모욕적인 화살을 쏘더라도 나 자신을 소중하게 여기는 강한 자존심을 지켜야 할 것, 타인에게 보이기 위해 노력하는 것이 아니라 있는 그대로의 자기 자신을 찾으려고 노력하는 것이다. 즉 밝은 표정, 긍정적인 마음, 실수해도 툭툭 털고 일어날 수 있는 힘, 새로운 것에 안주하지 않고 뛰어드는 모험심, 낯선 사람에게 먼저 다가가 인사를 건네는 자신감으로 소중한 나를 가꾸어 가는 것이다. 그리고 가끔은 "난 괜찮은 사람이야. 그리고 너도 꽤 괜찮은 사람이야."라며 호탕하게 웃어 보라고. 그러면 자신감이 생길 수 있다며 용기를 불어넣고 싶었다.

(이 한 권의 책을 읽고 너무 감동적이어서 많은 사람들과 공유하고 싶어 상처투성이 세상에서 자존감을 지키며 살아가는 저자의 여러 가지 방법을 소개해 본다.)

내 영혼의 조각보

1. 상처 받았음을 시인하라.

2. 자기 인생의 해답을 밖에서 찾지 마라.

3. 관계를 끊지 말고 거리를 두라.

4. 무작정 화내지 말고 다음 약속을 잡아라.

5. 복수의 끝은 달콤하지 않음을 기억하라.

6. 타인을 향한 마음을 닫지 마라.

7. 제발 모든 것을 당신 탓이라고 말하지 말라.

8. 그대로의 나를 존중하라.

9. 비판은 좋은 선물로 받아들여라.

10. 의식적인 호흡, 명상, 뭉친 근육을 풀 듯 경직된 생각을 풀어라.

11. 상처 받은 순간의 감정들을 억누르지 마라.

12. 화가 났음을 알려라.

13. 처벌은 분노를 차갑게 식힌 후에 하라.

14. 불평은 문제를 해결하지 못한다.

15. 솔직해지자.

16. 체면 때문에 도움을 거절하지 마라.

17. 감정을 제거하고 오직 사실만 바라보라.

18. 가장 아픈 곳을 찾아라.

19. 끊임없이 되살아나는 좀비 상처를 꺼내라.

20. 모든 걸 분명히 짚고 넘어가라.

21. 두 개의 의자에 모두 앉아 보라.

22. 희생자에게 조종당하지 마라.
23. 화해와 평화를 추구하라.
24. 마음속에 의연함을 키워라.

이 내용과 같이 귀한 선물들, 내 마음의 창고에 차곡차곡 저장해 두었다가 필요할 때마다, 꺼내어 보듬어 주리라.

남은 삶의 여정에 귀한 동반자가 되어 주리라 믿으니 가슴이 따듯해진다. 나를 알지 못한 채 허덕이며 걸어온 지난 세월, 나를 알게 해 준 이 한 권의 책에 감사하며 나만이 간직할 것이 아니라 오늘도 힘겨운 자신과의 싸움을 하며 비탈길을 오르는 모든 사람과 나누고 싶다.

# 이런 이웃

고요한 산골 정류장은 온 종일 빈둥빈둥 노는 것 같지만, 하루에 두세 번씩은 온몸을 다해 제 임무를 완수하려는 노력이 한 여름 열기만큼이나 강하게 돋보일 때가 있다. 하루의 일정을 잠시 접고 내면의 풍요를 가꾸는 그곳으로 달려가기 위해 매표소 앞에 섰다. 늘 그러하지만 스치고 지나는 사람들의 표정은 세월을 걸어가는 그림자 위에 쌓인 무게만큼이나 어두워 보인다. 어쩌다 이웃 할머니라도 만나게 되면 닫혔던 가슴이 활짝 열리면서 반가움의 이야기가 엮어진다.

이방인처럼 느껴졌던 사람들이 웅성거린다. 매표소의 직원과 여든이 가까워 보이는 할머니, 손자 같은 청년, 무슨 일이 있는 것일까. 긴장과 짜증이 표면 위로 드러나는 얼굴, 마땅히 해야 할 의무이기에 수화기를 들고 메모를 하는 그녀, 자신의 일처럼 잃어버린 그 무엇을 찾아드리기 위해 이곳저곳으로 통화를 하는 학생, 옆에 서 계시는 할머니는 발을 동동 구른다.

타고 온 버스에 짐을 하나 두고 내렸는데 버스는 이미 떠나 버렸다. 무엇을 잃어버렸을 때의 순간, 느끼는 감정은 짐작이 간다. 누구나 한 번쯤은 경험해 본 일이라 공감의 표정들은 어둠이 내리는 정류장 위에 뿌려지고 있었다. 잠시 후 방금 차에 물건 두고 내리신 할머니를 찾으신다. 그는 잠시의 머뭇거림도 없이 자신의 승용차로 달리는 버스를 따라 갔던 것이다. "빵빵" 경적을 울리며 달리는 버스를 세워 할머니의 두고 내리신 물건을 찾아왔다. "아이고 세상에 이렇게 고마운 사람이 있나." 어려움을 당한 이웃에게 당연히 해야 할 일이라며 바쁜 일상의 길로 달려가는 청년을 바라보며 훗날 어디에서 만난다면 따뜻한 차 한 잔 나누고 싶었다.

내리지 못했던 짐은 할머니의 시장바구니였다. 가격으로는 일만 원 정도 되는 것이지만 여든을 바라보시는 할머니의 바구니 속에는 지난 세월 속에 담긴 희로애락의 물결이 출렁이고 있었기 때문이리라 생각하니 어찌 한 개의 값에 견줄까 싶었다. 삶의 파편들이 몰아칠 때마다 휘어졌던 뼈들이 이젠 더 이상 일어날 수 없다며 주저앉지만 맥박은 뛰고 있기에 걸어야 한다.

영원히 함께 하자던 약속도, 어머니의 등 대신 기댈 수 있으리라는 믿음마저도 마음 놓고 기댈 수 없는 현실, 타박타박 걸어가면서 무언의 길동무가 된 친구가 아닌가. 어쩜 할머니에게 그것은 수천만 원짜리 고급승용차보다 더 소중한 것이었는지도 모른다. 달리는 차창 가에 일렁이는 푸른 숲과 유유히 흘러가는 강물 위에 반짝거리는 햇살이 오늘 나에게 있어 동행의 멋진 친구이듯이 시시각각 변하는 자연의 모습이 누군가에는 백마 탄 왕자인지도 모른다. 잠시의 여행길에서 만난 그 청년은 세상에서 가장 멋진 사람이었다.

어디에 사는 누구인지 모르나 그 가슴에 참 아름답고 용기 있는 사람이라고 이름표 하나 달아 주고 싶었다. 사람은 몰라주어도 하늘은 그의 아름다움을 칭찬하며 축복의 씨앗을 가는 길목마다 뿌려 주리라. 푸른 바다가 그의 길을 망망대해로 이끄는 자연의 묘한 섭리를 보며 기뻐할 것이며. 높고 높은 하늘 위에선 그가 내딛는 발자국마다 고운 꿈들이 날개를 달고 행복의 날들을 더해 주리라 믿어졌다.

우리 이웃에 이렇게 고운 사람이 있다는 것, 마치 고운님을 만나 설레는 첫사랑의 그 떨림처럼 가슴 가득 행복해지는 순간, 어린 아이가 엄마와 함께 있어 행복해지는 기쁨처럼 나는 오랫동안 그 젊은이 때문에 행복해질 것 같았다. 푸른 신록의 아름다운 모습들을 보며 세상 모든 사람들이 오늘의 이 젊은이 같은 가슴으로만 함께 한다면 구름도 찡그리지 않으리라.

# 반가운 손님


반갑고 설레는 마음으로 기다린다는 것
가슴 가득 기다리고 있는데 풀어내지 못하는 말
오랜 시간 기다림의 성들이 문을 열어 보는 날
선조들의 정성이 가득 담기고
어머니의 사랑 항아리가 뚜껑을 여는 날
피와 살을 나눈 혈연의 관계가 아니어도
만나서 반가움의 시간은 포옹으로 이어지고
못다 한 말 눈물로 옷 입으며 기쁨을 나누는 것이리라
기억해 줘 고맙고 찾아와 줘 고마운 마음


해마다 찾아오는 우리 고유의 명절 설날이 내일이다. 일상의 바쁨 속에서도 다 털어 버리고 웃으면서 여유를 부리고 싶지만 어머니 된 자리에서의 의무는 가지 수가 늘어나는 날이다. 이런 일, 저런 일로 몸과 마음이 멀어졌던 가족들의 징검다리가 되고 디딤돌이 되어 손잡고 웃을 수 있게 해야 한다. 잠시 머물다 가는 육신의 양식까지 챙겨야 하는 날이니 아무리 해도 부족한 날이다.
　돌아보니 이 귀한 시간들을 똑같은 방식으로 맞이했다. 시대의 흐름에 따라가지 못하고 초고속으로 달아나는 기술혁명은 먼 나라의 이상에 머무는 것 같아 새로운 만남의 아이디어를 구상해 보지만 특별한 게 없다. 생각이란 지나고 나면 후회뿐이요 허물뿐이라는 것을 가을 바람소리가 속삭여 주는데도 귀담아 듣지 못했다. 아쉬움에 문을 열어 보지만 너무 멀리 갔다. 팽팽한 육신은 세월의 무게에 눌려 삐걱거리고 기억의 한 조각 뇌는 활동을 정지한 것이며 잠시 휴식을 취하는 것인지 자꾸만 깜빡거린다. 거울 앞에 서면 반기지도 않는데 줄줄이 선 주름들이 손짓을 한다.

내일을 준비하느라 분주한 시간, 낯익은 목소리가 들린다. "어, 곤이 왔구나." 이산가족이라도 된 듯 부둥켜안았다. 어느새 약속이라도 한 듯 곤이와 나의 눈에서는 눈물이 흐르고 있었다. 오랜 세월 한 집에서 밥을 먹고 지낸 적도 없는데 왜 이렇게 눈물이 날 정도로 반가운지, 대문을 나서는데 자석의 힘에 끌리듯 그 아이에게 다가서며 또 한 번 부둥켜안았는데 한마디의 말도 못하고 그냥 눈물만 흘렸다

곤이와 나는 주일학교에서 만났다. 그 후로 일터에서 매일 만나다 보니 정이 들었는가 보다. 어린 나이에 엄마를 잃었는데도 그리움과 외로움을 자기만의 성 안에 가두어 둔 채 참으로 잘 견뎌 냈다. 지극정성으로 보살펴 주신 할머니의 사랑 덕분이라 믿어지니 그저 고맙기만 했다. 엄마의 사랑 자리가 따로 있어 그리움이 마음을 두드릴 때도 있었으리라. 하지만 할머니의 따뜻한 품에 안기며 단잠을 잤을 것이다. 참 곱게 자랐다. 바라보기만 해도 그

냥 예쁘다. 애잔한 눈빛 아래로 그 아이의 고운 심성이 가슴에 전해져 오고 내 아이의 귓불을 만지며 행복해 하던 순간처럼 가슴에 안긴다.

가슴으로 잉태해 얻은 한 송이의 예쁜 꽃
메마른 땅을 홀로 걸어가도
촉촉이 적서 주는 단비가 되어
생명을 자라게 하는 보석이 되리라
목마름의 갈증을 해소해 주는 한 잔의 생수처럼
내 곁에 다가선 아이

오늘은 까치가 반가운 소식을 전해 주는 날인가보다. 어린 시절 나의 고객으로 매일 만났던 아이, 이제는 대학생이 되었다. 어느새 저렇게 예쁘게 자랐을까. 한눈에 알아보았다. "어 선미구나." 반가운 나의 인사에 화답이라도 하듯 "그동안 이모가 너무 보고 싶어 찾아왔어요." 얼마나 고마웠는지 콧등이 시큰해지는가 싶더니 말보다 눈물이 앞섰다.

거울 앞에 서면 아무도 반겨주지 않을 것 같은 주름, 할머니의 반열에 섰다. 가끔은 서녘 하늘에 붉게 드리우는 노을 앞에 서 본다. "언제 여기까지 왔지." 물어보지만 모두들 침묵, 그 많았던 바람, 햇살, 공기 다 어디로 갔으며, 보고 싶고 안기고 싶어 불러 보아도 대답 없는 어머니, 외로움이 서걱대는 밤바람을 맞으며 걸어가는 길목에서 이토록 반가이 찾아와 주고, 보고 싶도록 기억해 주는 이가 있으니 부자다. "참으로 고맙다." 생각 속에서 일렁이는 눈물, 하얀 목련꽃처럼 곁에 선 아이, 망망대해에 물보라처럼 가슴속에 가득 안긴 행복, 삶의 길에서 만나는 진정한 행복이리라.

　내 아들 며느리가 대문을 열고 들어선다. 팍팍한 삶을 사느라 많이 지쳤을 것이다. 지난날 힘들었던 고단함은 다 떨쳐 버리고 더 나은 내일을 위해 힘찬 발걸음을 내딛는 날이 되게 용기를 주어야겠다. 일가친척이 아니어도 오늘의 만남이 너무 행복해 부둥켜안고 울었던 곤이와 선미의 만남처럼 그렇게 안아 주며 축복해 주리라.

2부
- - - - -

# 그리움이 머무는 곳

# 마침표 찍기

"그곳에는 가지 않을 것이다." 사위어 가는 육신의 힘 가누기 힘든데 마음의 입술만 움직인다. 의술이 발달하여 100세 시대를 살아간다지만 팔순의 문턱에 선 할머니에겐 꿈만 같은 현실이다. 게이트볼 선수로 대회 나가시며 활동하던 때가 엊그제 같은데 세월의 무게에 눌려 한쪽으로 기울어지더니 그만 자리에서 일어나지 못했다. 이 땅 위에서의 삶 이제 정리를 해야 할 것 같다는 주변의 이야기가 여기저기서 들린다.

요양원으로 떠나시는 할머니의 뒷모습을 보며 지나온 걸음마다 새겨진 고통들, 삭이며 부대꼈던 인간관계의 속살들을 생각하면 얼마나 시리고 아팠을까. 때로는 의도하지 않았던 욕심과 질투, 시기, 불평, 원망의 힘이 강하여 누군가에게 상처를 주어 고통스럽게 했을 수도 있다. 이면에는 선의의 가슴으로 어려운 이웃에게 사랑의 선물을 주기도 했으리라. 생각의 기준이 저마다 달라서 판단하기 나름일 수도 있지만 이 또한 마지막 점 하나 내려놓으며 그곳으로 향하는 통과의례이리라 믿어야 하는지도 모른다.

활화산처럼 타오르는 불길을 잡으려다 하얀 재가 되려는 마지막 순간에도 "사람이면 곧은 길 바른길 가야 한다."며 던져 주시던 그 한마디가 새롭게 느껴진다. 하나의 작품을 완성하기 위해 얼마나 고뇌하며 묶었다 풀었다 하는지 그 과정을 반복하면서도 늘 미완성으로 남는다는 것, 삶의 여정 또한 이와 같은 것이라 자신으로서는 최선을 다하며 살았지만 마침표 뒤에는 늘 물음표로 남는다.

누구에게나 남을 마지막 점 하나, 두 가지의 교훈을 남긴다. "잘했어. 왜 그랬을까." 소리쳐 보지만 내면의 메아리로 남는 것이라는 것을. 이사를 와 이웃이 된 할머니는 검소하셨으며 작은 것에도 잔잔한 정을 나누셨던 분이다. 거동이 불편한 가운데서도 텃밭에서 가꾸신 야채들을 신문지에 돌돌 말아 "야야. 이것 한번 먹어 봐라." 하시던 모습이 선하다. 나눔의 미덕을 말하지 않아도 가슴속에 피어나는 꽃구름처럼 일어난다.

"내 생애 마침표는 없을 것이다."라며 당당하게 외쳤던 청춘의 시대가 까마득한 전설의 이야기로 들린다. 할 말이 너무 많아 다 털어 놓으면 홍수가 날까 두려운 것일까, "내 걸어온 길목에서 부딪혔던 이야기들 다 엮으라면 소설 몇 권은 될 것이네." 하시던 그분의 이야기가 가슴에 와닿는 것은 이마 위에 내리는 주름 때문이리라. 요양원으로 떠나신 할머니의 빈 집도 주인 잃은 슬픔 때문인지 폭우와 천둥번개로 계량기가 펑펑 터지고 막힌 배수구는 제 길을 찾지 못하여 헤맨다.

며칠 후 할머니의 부음을 들었다.

# 생수 한 잔의 행복

"물! 물! 물 좀 주세요." 곧장 숨이 멎기라도 하는 듯 "빨리요. 어서요."라며 다그친다. 일상에서 조용히 움직이던 심장이 덩달아 뛴다. 몇십 년 만에 찾아온 혹한이라 하건만 아이들은 "추위야 물러나라. 내가 간다."라며 함성을 지르고 축구를 하며 뛴 탓일까 고드름을 땀방울로 바뀌게 했다. 빨갛게 달아오른 양쪽 볼 사이로 최선을 다한 흔적이 역력하다. 순간 떨어지는 이익은 생각할 겨를 없이 얼른 달려가 정수기에서 생수 한 컵을 뽑아 주었다. 다 마신 후 한마디, "아~ 행복하다." 그 아이의 입술을 통해 전해 오는 소리란 세상 그 무엇으로도 살 수 없는 묘하고도 짜릿한 기분, 오래도록 꼭 껴안은 채 그대로 있고 싶은 순간, 우리 모두는 바로 이런 행복을 원하는지 모른다. 뜻밖의 감탄사로 인하여 가슴에 스며드는 묘한 감정, 순간적으로 느끼는 전율이란 햇살 가득한 어머니의 따뜻한 품속 같은 사랑만큼이나 크고 놀라웠다. 그 아이의 한마디는 받아서 안는 것보다 주어서 느끼는 행복이 이런 것이구나 하는 것을 다시 한번 일깨워 주었다. "그래 너희들이 찾는 비밀의 열쇠는 멀리 있는 것이 아니지." 하면서 뚜벅뚜벅 걸어가는 내게 다가와 속삭이니 이 또한 행복이리라.

내 영혼의 조각보

세상 모든 물들이 오염되어 약품처리를 하고 많은 여과장치를 걸러야 우리의 식수로 옮겨진다고 하지만 내가 살고 있는 이곳은 끓이지 않아도 먹을 수 있는 청정지역이라고 자부했었기에 정수기의 구입을 차일피일 미루다 그저께 지인의 소개로 하나 구입했다. 곱게 자라나 행복을 선물하는 아이들에게 행여 배탈이라도 나면 안 된다는 생각이 깃발을 들기에 정수기의 구입은 잘했다고 생각했다. 한편으로 매월 지불해야 하는 경제적 부담이 있지만 너희들이 목마르다고 할 때 주저 없이 정수기의 물 한 잔 뽑아 주리라 생각만 해도 가슴속에 피어나는 사랑의 꽃향기가 코끝을 간질인다. 큰 것 아니라도 물 한 잔 주어서 너희들이 행복하다면, 건강하게 무럭무럭 자라난다면 동네 친구들 다 몰려와 "물 좀 주세요. 물, 물." 해도 쉬지 않고 기쁨과 즐거움으로 주고 또 주리라.

　물 한 잔에 행복해하는 아이들을 보노라면 바람이 데려갔는지, 환한 햇살 아래 숨었는지, 내 집 앞을 지나는 강물 따라 갔는지 세상 근심 걱정 다 잊을 수 있게 했으니 이 세상 모든 어린이들이야말로 어른들의 참 보배이리라. 오월의 푸른 하늘 아래 일렁이는 햇살처럼 신나게 뛰놀며 까르르 웃는 아가의 입술 위로 번지는 두 볼의 행복한 미소가 가슴에 안긴다. 비록 부족하고 힘든 일들이 많을지라도 불평은 자신을 불행하게 할 뿐만 아니라 사랑하는 가족이나 이웃에게까지 아픔을 주는 것이라는 것 되새기며, 작은 것 하나에도 배려의 씨앗을 심는 마음 밭 일구어 갔으면 좋겠다. "범사에 감사하라."는 말이 실천하기 힘든 현실이지만 감사의 씨앗 술술 뿌리며 보듬고 다듬어서 새싹들이 잘 자랄 수 있도록 도와주는 세상이길 소원해 본다.

# 창을 열면

나가 보자. 찌뿌듯한 육신의 경계선에서 머뭇거릴 때, 생수를 한 모금 드리우면 일어나는 묘한 쾌감의 용기, 창문을 활짝 열어 이슬 한 방울 마시고 싶은 때가 있다. 누군가 다가와 꼭 안아 줄 것 같은 반가움에 가슴이 왕창 열리는 그런 순간 말이다. 오늘 길을 나서면 어디선가 좋은 일이 일어날 것 같다. 푸른 바다를 가로질러 항해하며 은빛 물보라를 일으키는 아주 작은 돛단배라도 그 속에 폭 안길 것 같다.

지난 며칠간 육신의 진동으로 병원치료를 하는 중이었다. 한 올 한 올 빠져나가는 칼슘의 이탈로 숭숭 뚫린 뼈들이 시리다고 한다. 잘 보듬어 주면 서러움 달아나고 꽉 채워질까. 질주하는 본능을 다스리지 못하고 서서히 다가서는 경고장을 무시하고 외면한 죄인지도 모른다. 자유자재로 가동시켜야 할 육신은 윤활유를 요청하며 삐걱거리는 소리로 신호를 보낸다. 여유를 부리지만 세월의 무게 앞에는 아무리 안간힘을 써도 속수무책이다. 어디로 잠시 피신한다고 될 일이 아니라는 것, 그저 자연의 순리에 따라야 한다는 것을 알면서 말이다.

머뭇거림에는 용기가 필요한 법, 설령 가다가 중도에 포기하더라도 마음이 움직이는 것을 제어하지는 못하리라. 언제 어디서나 에너지의 보충이 필요한 법, 한 줄 김밥 쉽게 살 수도 있지만 곁에 있는 재료들로 나만의 김밥을 만들었다. 냉장고의 야채들도 오늘은 야외나들이 할 수 있는 기회를 얻었으니 신이 났을 것이다. 작은 가방 하나, 운동화, 생수 한 병이면 신나게 떠날 수 있는 여행, 생각하니 신발도 덩달아 춤출 것 같았다. 산악회의 한 일원으로 함께 한다는 것, 각각 다른 모습이어도 한곳으로 향한다는 마음, 출발선상에 선 일행의 모습은 그렇게도 정겨울 수가 없었다. 오늘 내가 함께 한 산악회의 모습은 조금 색다른 것 같았다. 날짜가 정해지면 일일 회비 일만 원으로 멋진 여행을 할 수 있다. 형식과 격식에 구애 받지 않고 마음이 움직이는 대로 함께 하는 사람들, 누가 온다고, 오지 않는다고 불평이 없는 사람들, 이보다 더 자유로울 순 없다. 산행의 즐거움은 바로 여기에 있으리라.

오랫동안 함께 한 직장동료, 사는 모습은 달라도 신앙 안에서 함께 하는 마음이 모인 날, 먼 거리의 운전을 하면서도 늘 베푸는 마음으로 와닿았던 대장님의 너그러운 모습, 왠지 출발부터 마음이 편안해진다. 장거리의 여행을 하는 삶이란 가끔은 쉼이 필요한 것이리라. 혼자가 아닌 함께 떠나는 여행을 즐기고 싶었던 것이다. 차창 너머로 달려오는 공기가 쏴하게 밀려온다. 어느새 난 자연과 어울려 어깨동무하며 폴딱폴딱 뛰는데 이름 모를 풀벌레들의 합창소리가 정겹다. 여행의 묘미를 새롭게 해 줄 햇살은 잠시 쉼을 요청했는지 구름이 동행의 반열에 섰다. 그가 누구든 오늘 나의 곁에 있는 것만으로도 고맙고 감사한 일이니 콧노래가 춤을 추는 듯 즐겁다.

오늘 산행의 목적지는 설악산, 월출산과 더불어 우리나라 암산 중의 하나이며, 특히 주왕계곡과 다양한 식생이 분포되어 있어 봄에는 신록이, 가을에는 단풍이 매우 아름다운 우리나라 제12호의 국립공원인 주왕산이다. 이렇게 아름다운 곳이어서 그러했으리라. 그곳에 꼭 한 번 가 보고 싶다는 결심을 하게 했나 보다. 일상을 둘러보면 좀처럼 시간 낼 여유가 없었지만 산의 기운이 주는 묘한 끌림으로 결단의 용기를 냈던 것이다.

3시간 정도 달려 도착한 곳, 이른 아침인데도 많은 사람들이 삼삼오오 짝을 지어 산을 오르고 있었다. 입구에 들어서자 '심장병 어지럼증이 있는 사람들은 조심하시오'라는 '주의 글'을 보자 떠나올 때의 가벼운 느낌은 갑자기 두려움으로 바뀌어 과연 오늘 목적지인 주왕산 정상에 오를 수 있을까 염려가 앞섰다.

남을 향한 배려에는 항상 나를 내려놓아야 하는 법, 나의 염려로 가볍게 시작한 일행에게 짐을 주어서는 안 된다는 양심의 고백이 벌떡 일어나니 입은 굳게 다물어졌다. "가야 하리라." 오솔길을 지나는 사이 어느새 무거웠던 몸과 마음은 가벼워져 일행 중 가장 먼저 오르고 있었다. 한참을 가다 돌아보니 아무도 보이지 않는다. 잠시 기다리고 있는데 뒤를 따라 오르던 중년의 남자는 "많이 힘드시나 봐요." "아뇨. 일행을 기다리고 있어요." 했더니 "전문가이시군요." 한다. 갑자기 어깨가 으쓱해진다. 숲속의 오솔길이 나를 위해 준비된 것 같았고 이름 모를 새들의 합창소리에 덩실덩실 춤이라도 추고 싶으니 그렇게 신날 수가 없었다.

'칭찬은 고래도 춤을 추게 한다.'더니 오늘 나를 두고 한 말인 것 같았다. 일상 속의 관계를 들여다본다면 칭찬보다 꾸중, 비난이 더 많은 것을, 이들은 열등감과 용기를 잃게 하는 폭군으로 등장하니 말이다. 우리는 용기와 칭찬 희망을 아끼지 않는 산의 고마움을 되새겨 볼 일이다. "마음이 답답하면 산을 오르십시오." 갑자기 의사가 환자에게 처방 전 하나 내리는 것 같은 기분이다. 의과대학을 나오지 않아도 오늘 산이 내게 준 일일자격증, 혼자서 주고받았으니 신이 난다. 얼마나 보람된 산행인가.

드디어 정상, 가파른 언덕, 아슬아슬한 바위틈을 지나 도착한 곳, 나도 모르게 "와" 하며 두 팔은 하늘을 향한다. 해냈다는 성취감, 그래서 사람들은 산을 오르는 것이리라. 언제 출발선상에서 머뭇거림이 있었는지 산이 주는 말할 수 없는 신비함에 온 세상을 다 얻은 듯 상쾌하다. 오늘 산행이야말로 최고의 의사를 만난 순간이다. 팔이 아파 병원가야 하는 날인데도 산은 날 불렀다. 언제 아팠냐는 듯 입가에 미소가 번진다. 정상을 내려와 각자가 가지고 온 일일 양식들을 내어 놓고 먹는데 어디 이보다 더 좋은 진수성찬이 있을까 싶었다. 김밥 한 줄, 오이 하나, 김치 한 조각, 나눠 먹는 재미, 이름 모를 꽃들과 풀들의 저마다 지닌 향기를 나르는데 그저 황홀하기만 하다. 감탄사를 자아내게 하는 우람한 나무들, 자연의 조화가 얼마나 묘한지 혼자 다 안을 수 없어 두고 온 가족들의 모습이 그려진다.

자세히 들여다보니 그 아름다운 꽃들과 키 큰 소나무에게서 눈물 흘리는 모습이 보였다. "너희들은 이렇게 아프면 어디 병원 가니?" "우리는 아무리 아파도 병원 갈 수 없어요. 바람과 비와 햇볕이 우리의 의사예요." 나도 이제부터 아프면 병원 가지 않고 훨훨 날아 산으로 가리라는 생각을 해 본다. 한참을 오르는데 '소나무의 상처'라는 팻말이 보인다. 아름드리 소나무의 몸에 빗살무늬 흉터가 남아 있다. 바람과 비에 씻긴 모습이 오랜 세월 견디어 온 무게를 말해 주고 있는 듯했다. 1960년대 중반 주왕산의 울창한 소나무는 당시 경제사정에 의해 개발 대상이 되었으며 3년 동안 송진 채취 후 원목으로 벌채되었다. 이 사업이 한창 진행되던 1976년에 주왕산이 국립공원으로 지정되면서 중단되었으나 송진 채취과정에서 생겨난 빗살무늬 상처는 치유되지 않는 채로 남아 있다. 한 번 훼손된 자연은 회복이 어렵다. 사람을 위해 다 내어 주고 상처까지 안아야 하지만 말이 없다.

어머니 같다. 생의 길목마다 태산 같던 무덤과 수많은 가시에 찔리며 자식 위해 그 누굴 위해 온몸을 불사르며 걸어가신 어머니들의 산, 마지막 그 산에 안기셨기에 편안하리라는 안도의 숨을 쉰다. 나 또한 세상 염려 훌훌 다 벗어 버리는 날 그 산에 누우리라는 거처가 있으니 그냥 편안하다. 개그와 유머로 넘치는 분, 어디에서나 티격태격 하면서도 살뜰하게 챙겨주는 형과 아우처럼 지내는 이웃, 세월의 무게가 느껴지지만 세상의 고단함 신앙의 힘으로 굳세게 살아가시는 분, 아무리 큰일이라도 조용히 문제의 해결을 찾아내는 지혜자의 모습, 오늘은 특별히 먼 거리의 운전을 하면서도 피곤한 기색 한 번 내비치지 않는 이웃을 위한 나눔의 사랑에 그 온도가 더 높아지는 것을 느꼈다.

생의 길목에서 만나는 희생과 배려, 어깨동무하는 이들의 모습이 정겹게 느껴지는 오늘의 산행은 축복이다. 창, 내 마음의 창을 열어 보자.

# 보름달

    일상을 떨치고 새로운 세계로 마음의 문을 열 수 있다는 것은 축복이리라. 맴도는 영혼의 숨결 사이로 새벽 공기가 문을 두드리니 소리를 들을 수 있다는 것 또한, 너와 내가 살아 있음의 신호이니 대지의 강한 숨소리가 요동친다 해도 감사로 받아들여야 할 것 같은 생각이 스친다. 대지는 바람으로 숨을 쉰다고 한다. 강약으로 때로는 천지를 뒤흔들어 놓는 현상이 일어나지만 그 하나하나에는 깊은 뜻이 담겨 있다고 한다. 무심코 지나쳤던 돌덩이 하나에도 분명 존재의 의미를 담고 있으리라 생각하니 신비한 자연의 질서와 생명의 소중함에 절로 고개 숙여진다.

    "와 저것 보셔요." 손님과의 약속을 뿌리치고 나온다고 호흡이 제 자리에 서지도 못했다. 반면, 시간에 쫓기는 것이 매 한 가지일 텐데도 언제 그런 여유를 가졌을까 창문 사이로 환하게 비치는 보름달의 황홀함에 취하고 있었다. 어느 날 동행의 길목에서 만난 그녀, 세월의 격차가 있지만 밀어내지 않고 새로운 세계로 함께 가잔다. 서녘으로 기우는 그림자 위에 햇살 한 줌 얹으며 손을 내미는 그녀가 환한 보름달만큼이나 아름답게 느껴지는 순간이다. 고개를 든 순간, 세상 어느 화가가 저토록 아름다운 동그라미를 그리며, 어느 유명한 용접공이 환하게 웃고 있는 저 모습을 만들어 낼 수 있단 말인가. 얼마나 사랑하고 있는지 내 마음 알았을까 달리는 차창 너머로 졸졸 따라 온다.

어느 사이엔가 삶이란 틀 속에 갇혀 허우적대던 모습이 부끄러움으로 다가선다. 더 좋은 생각, 더 넓은 세상속의 길이 펼쳐져 있다는 것에 문을 열지 못하고 나만의 생각이 전부인 냥 착각하며 살아왔던 것이다. 한 발자국 옮길 때마다 더 넓어지고, 만나면 만날수록 넓어지는 세상의 뜻을 가진 '만만세'의 의미가 새롭게 느껴진다. 저마다의 세상을 가진 사람들에게는 나에게 없는 좋은 모습들이 이 모양 저 모양의 바구니 속에 가득 차 있다. 바라보기만 해도 그 향기가 내 가슴으로 전달되리라 생각하면 어찌 마음의 대문을 활짝 열지 않을까 싶었다. 때로는 똑같은 사물이라도 색다르게 와닿을 때가 있다. 이 밤의 외출이 가슴 깊은 곳에 내재되어 있는 묘한 떨림을 끌어내기 위해서 주어졌는지 오감의 야릇한 느낌은 예전의 그 모습이 아니었다. 어느 사랑하는 사람과의 교감이 저와의 만남보다 황홀하고 떨릴 수 있을까 싶었다. 어제는 부슬부슬 비가 내리는데 달집태우기 행사가 있었다. 군민의 염원을 담아 준비한 달집, 어느 해보다 많은 사람들이 참여했다. 활활 타오르는 불꽃을 보며 저마다의 간절한 소망을 담고, 가는 길목마다 그 길이 끝나는 날까지 환한 꽃길이기를 기도했을 것이다. 설령 가는 길이 어디에서 어떻게 뒤틀릴지 알 수 없지만 순간만은 어둠 속의 환한 보름달만 한 얼굴을 가슴속에 안으면서 말이다.

　때때로 우리는 그 시대의 관습과 기치에 매여 참되게 살아가야 할 길에서 외면을 당하고 있는지도 모른다. 가끔은 광인이 되어 외톨이가 될 수도 있다. 유한한 삶을 걷고 있는 우리는 이 밤, 가슴속까지 다가와 신선함을 주었던 보름달의 얼굴 한번 보면 복잡했던 생각이 세수한 듯 맑아지리라. 다시 한번 하늘을 바라본다. 저마다의 삶 속에서 어깨를 나란히 하며 걸어가는 시간이었으면 참 좋겠다는 생각이 모락모락 피어나는 저녁연기 위로 흐른다.

# 아침 풍경

대지가 안개로 덮은 이불을 개지 않는 시간 대문을 나섰다. 살며시 스며든 공기의 내음이 온몸을 간질이고, 기분 좋은 발걸음은 잠에서 덜 깬 영혼 위에 톡톡 문을 두드린다. 깊은 잠속에서 보지 못했던 새로운 세계로의 여행이다. 보이지 않는 내면의 세계는 늘 양면성을 가지고 있다. 좀 더 나은 내일의 삶을 위해 일어나야지. 방바닥이 유혹하는 온기에 좀 더 자자. 좀 더 눕자. 하나인 나는 둘을 다 안을 수 없기에 어느 쪽이든 강한 쪽에 서게 된다. 창문을 열어 제치고 운동화를 신었다. 대문을 나서는 발걸음이 어느 때보다 가볍다. 이슬은 대지의 얼굴을 세수시키고 난 자연의 식구들로 인하여 내 영혼을 세수시킨다고 생각하니 세안 후의 느끼는 상쾌한 기분처럼 이보다 더 행복할 수는 없었다.

이른 아침 마주하는 상쾌한 공기와 대지 위의 수런거림이 귓가에 스치면 발끝에서부터 머리끝까지 아카시아향기가 전신을 감싸는 듯하다. 매일 흘러가는 강물 소리가 오늘보다 더 아름답게 들릴까 싶다. 처음 만나는 농부의 아침인사가 이처럼 씩씩하게 들릴 수 없었던 것 같다. 봄을 타고 달려오는 연두 빛 이파리들의 노래 소리에 세상 다 얻은 듯 즐겁다. 이슬 먹은 풀잎에게 다가가

"안녕." 하면 탈탈 털며 "반가워요." 하니 이른 아침 늦잠에서 용기를 낸 내가 얼마나 감사한지 두 손을 살살 비벼 본다. 나비와 함께 봄을 나는 기분으로 강변의 모래를 지나 강물의 가장자리에 앉아 본다. 내가 간다는 우체국 아저씨의 편지를 받았을까 피라미들이 손을 흔들며 마중 나온다.

'동구 밖 과수원길~~' 콧노래가 절로 나온다. 이 황홀한 자연 속에서 숨 쉬고 있는 나는 당당하게 망망대해라도 건너갈 수 있다는 자신감을 갖게 했다.

기계의 소음이 징징거리는 아스팔트길을 피해 흙이 있는 곳으로 갔다. 부지런한 농부는 나보다 먼저 잠을 깨웠나 보다. 허리에 주머니를 차고 비탈진 언덕에 무슨 씨앗인지 열심히 뿌리고 있었다. 손놀림이 예사롭지 않다. 정직함이 하늘까지 닿는다. 가을의 풍성한 일렁거림이 씨 뿌리는 손길 위에 머물고, 한 알의 씨앗은 어깨동무하던 이웃들과의 이별을 고하며 깊은 어둠 속에 묻힌다. 그들이 썩음으로 인해 무수한 생명들이 줄줄이 이어지고 또 하나의 새로운 역사를 만드는 것이리라. 살며시 얼굴 내미는 햇살의 입김에 서서히 비켜가는 아침이슬은 새로운 만남을 예고하는 것이니 아름답기만 하다. 세월이 척추를 주눅 들게 하고, 곧은 다리를 휘어지게 할지라도 내 마음의 길은 이 아침 자연이 내게 준 선물로 인하여 곧게 걸어갈 수 있으리란 확신을 준다.

내면의 속삭임에 취해 걷고 있을 때 맞은 편에서 지인의 목소리가 들린다. 세월의 숫자를 새기며 함께 걸어오신 부부, 고통 받는 아내를 위하여 아침마다 어둠을 깨우시는 분, 오랜 세월 병간호를 하시느라 지칠 만도 하련만 내색 한 번 하지 않으시는 모습, 우리 모두가 본받아야 할 정신적 지주가 아닌가 싶다. 갑자기 또르르 떨어지는 이슬 한 방울이 반짝반짝 빛난다. 내 것, 네 것 주머니 속 칸칸이 만들어 자물쇠를 채우던 사람들, 자연 앞에 서면 하나가 된다. 길가에 핀 한 송이 꽃을 보며 주머니 속에 넣는다면 이내 꽃은 시들어 버리고 향기는 사라지고 만다.

잘 다듬어진 고추밭이 눈에 띈다. 어느 농부의 정성이 가득 담겨진 곳, 행여 다칠세라 비바람에 넘어지지 않도록 기둥을 세워 주며 함께 가자고 했다. 자세히 보니 손가락만 한 갸름한 고추가 달렸다. 옆 가지에서는 하얀 꽃 한 송이가 열매를 맺기 위해 기다린다. 갑자기 창조주의 섭리가 살갗으로 스며든다.

잔잔한 돌들 사이로 피어난 꽃 한 송이 신기하다 못해 살짝 안아 보고 싶다. 가슴이 두근거렸다. 아무도 형법 몇 조, 몇 항의 위배라고 법정에 세운다는 통보를 받지 않았지만 많은 사람들이 보아야 할 예쁜 모습을 나만이 보려고 욕심을 부렸던 마음을 살며시 내려놓았다. "좋고 예쁜 것들, 혼자만 가지려는 것은 욕심이야. 혼자 웃는 웃음소리는 작지만 여럿이 함께 웃는 웃음소리는 많은 사람들을 행복하게 할 거야. 잘했어." 스스로에게 칭찬을 해 본다.

시간의 굳은살은 더 단단해야 하는데 세월의 두께가 주는 묘한 떨림은 더 여리어져 아침 이슬과 마주치는 다정한 포옹에도 눈가에 이슬이 맺힌다. 가만히 귀 기울여 보면 자연의 소리는 큰 소리로 나무라지 않는다. 다만 저마다의 욕심에 가득 차 듣지 못할 뿐이다. 녹음이 짙어져 가는 울창한 숲속으로 들어가 보라. 작은 새한 마리, 이름 모를 풀벌레들의 노래 소리는 사람의 마음에 평안을 준다. 많은 사람들이 주고받는 대화가 소곤소곤 속삭이는 시간들로 엮어 가기를.

# 손바닥에 새겨진 이름

보고 싶다. 어디 살까. 스치는 바람처럼 만났다 헤어진 그날 이후, 하루도 마음속에서 떠나지 않았던 그 아이, 첫사랑의 연인처럼 설렌다. 무엇이 그토록 끌어당기는지 알 수 없다. 그저 꼭 한 번만이라도 만나고 싶다. 왜 손바닥에 내 이름 석 자 새기면서 나를 기억하고 싶었을까, 해는 서산에 기울고 아무도 오라고 하지 않을 시간의 레일 위에 서 있기에 그러한지도 모른다. 혼자서 가야 하는 삶이라는 것이 여기저기서 소곤거린다. 기다림도 이미 포기해 버린 청춘의 유통기한이 지났기 때문만은 아니리라.

오늘은 꼭 만나야겠다. 몇 시간을 달려야 하는 그곳으로 향하는 버스를 탔다. 느림의 미학이 주는 차창 밖 풍경을 바라보며 자연의 섭리에 귀 기울이고 싶다. 나무와 돌 어린 새싹들이면 어떠하랴. 오늘 함께 할 수 있어 고맙다며 손 흔들어주는 내 마음의 여유를 누릴 수 있다는 것, 아무도 느낄 수 없는 나만의 행복을 오롯이 담는다. 먹지 않아도 배부르다. 그리움과 사랑의 근원을 찾아 떠나는 날이니 새벽녘 창문 사이로 스며드는 바람이 반갑기만 하니 말이다.

2017년 7월 28일 11개 교회 200여 명의 어린아이들이 모여 성경학교가 열리는 날이었다. 어디 사는 누구인지도 모르는데 한 아이가 "이름이 뭐예요." 했다. 그냥 호기심 많은 어린아이의 질문이러니 생각했다. 이튿날 아침 그 아이는 아침산책을 마치고 돌아오는 내 앞에 서더니 아무런 말도 없이 손바닥을 내밀었다. 갑자기 가슴이 뛰기 시작했다. 아이의 손바닥에 새겨진 내 이름 석 자, 이런 사랑의 고백을 받은 것은 난생 처음이다. 가슴이 울컥했다. 누구에겐가 달려가 전하고 싶었다. 백만 송이의 장미를 받은 것보다 더 감격스러웠으니 말이다.

내 손바닥이 아닌 그 아이의 손바닥에 내 이름 석 자를 적고 한 자, 한 자마다 사랑의 하트를 그리고 울타리를 치며 아름다운 정원을 만들었다. 잠시의 만남이었는데 나의 무엇이 그 아이의 마음속에 들어가 이리도 아름다운 꽃을 피웠을까 생각하니 '행복'이란 단어가 온몸에 흘렀다. 이제 초등학교 3학년인 여학생, 생각만 해도 예쁘다. 날아가지 않는 곳에 보관하고 싶고 너무 감동적이어서 그 아이의 손바닥에 새겨진 '내 이름 석 자' 사진을 찍었다. 이백여 명의 아이들과 많은 선생님들 중 나를 바라본 한 사람, 오래 두고두고 간직하고 싶어 앨범 속에 저장을 했다.


무엇을 가지고 갈까. 선물을 챙겼다. 만나면 뭐라고 할까, 몇 시간의 버스를 타고 찾아갔는데 만날 수 없다니 얼마 전 먼 곳으로 이사를 갔다고 한다. 산다는 것은 수수께끼 같았다. 내 이름 석 자기억하게 해 준 그 아이가 왜 그렇게 고마웠을까. 어느 날 어머니로, 아내로 살아오면서 나는 없고 타인의 주인으로 살아오며 외톨이가 되어 살아온 세월이 야속했는지도 모른다. 나를 나로 꺼내어 본 존재의 위대함 앞에 그냥 감사하기만 했을까, 특이한 표현을 해 준 그 아이가 그렇게도 고마웠다. 아쉬웠지만 어디에 가 무엇을 하더라도 늘 아름답고 행복하게 살아가기를 소원하며 돌아서야만 했다. 아쉬움을 뒤로 한 채 일상의 보금자리로 돌아오는 길목에서 반기는 차창 밖 풍경은 싱그럽다 못해 황홀할 만큼 눈부셨다. 누가 저리도 아름답게 꾸며 놓았을까. 오늘 따라 사계절의 변화가 주는 우리나라의 풍경이 더 아름답게 느껴졌다. 행복은 더 크고, 더 많은 것에 있는 것이 아니라 작은 관심과 사랑이 펼쳐지는 곳에 있음을 새기며 오늘 하루도 새끼손가락 끝에 매달린 이야기 하나 쓰다듬어 주는 그런 시간 만들어 보리라.

# 보고 싶은 산

어, 어디 갔지?

분명 그곳이 맞는데 오르고 또 오르며 돌고 돌아도 마음속에 접어 두었던 그 땅은 찾을 수 없다. 몇 번이고 망설이다 겨우 찾아와 더듬어 보는 그날의 잔영들, 오늘따라 그곳이 왜 그렇게 가고 싶은지, 그리움의 바다에 이슬비가 내리고 가을바람의 묘한 스산함이 가슴 한복판을 지난다. 나이 숫자가 많아지는 탓인지 귓가에 스치는 실바람의 이야기마저 슬프게 들린다. 문득 밤하늘의 별들이 애처롭게 보이고 매일같이 마주하는 밥상 위에 알 수 없는 기운이 감돈다. 영원히 함께 하리라 약속했던 사람이 갑자기 먼 이방인처럼 느껴지고 기대었던 등에서 찬 기운이 스며들 때면 추락하는 꿈들의 뒤틀림을 안은 채 어머니가 계시는 그곳으로 달려가고 싶다.

울퉁불퉁 자갈길을 달린 버스가 고향집 앞에 도착하면 콩밭 메시던 어머니가 맨발로 뛰어나와 반기실 것 같다. 흙집을 안고 사신 지 30여 년의 세월이 흘렀건만 생각만 해도 그리움이 몰려온다. 생명을 지키기 위해 몸부림치던 삶의 조각들이 아른거리는 그곳에 누워 보고 싶어 찾아간 정든 고향집, 그 아늑했던 정감들은 모두 어디로 숨어 버린 걸까, 잡초들만 영문도 모르고 누워 있다. 따스한 품에 안겨보고 싶어 갔는데 그 어머니는 산으로 이사를 가셨다. 산은 내 어린 날의 놀이터였고 양식을 제공해 생명을 이어가게 하던 보물섬이었다. 애써 가꾸지 않아도 머루와 다래며 온갖 맛있는 열매와 산삼, 잔대 같은 뿌리로 입술을 달콤하게 했었다. 지금도 자연산 송이는 많은 사람들이 선호하는 귀한 보물이다. 농약과 인공재배로 길러낸 것에 비하면 금액으로 환산할 수 없는 보약을 제공하는 곳이다. 신록이 짙어져 가는 6월의 푸른 숲을 바라보기만 해도 맑은 물에 세수한 것 같은 상쾌함을 얻는다.

서울에 사는 어느 시인이 조용한 산길을 걷고 싶다 해서 같이 걸었던 적이 있다. 한 해의 삶을 마무리하며 마지막 광채를 쏟아내던 늦가을, 형형색색의 색깔로 저마다의 살아온 열정을 뿜어내던 산, 시인의 한마디, "오늘 이 산은 영원히 치유할 수 없는 내 육신과 마음의 병을 치유해 준 병원이구려." 함께 한 내 마음의 병원이기도 한 것 같으니 얼마나 고마운지 몰랐다. 그렇다 저마다의 욕심으로 다친 사람들의 심신을 치유해 준다. 어디, 이뿐이랴. 세상 살아내느라 부서진 마지막 육신 한 조각까지도 편안히 잠들게 하지 않는가. 오늘 따라 그 산이 나를 부르는 소리가 예사롭게 들리지 않는다.

발길을 옮기는 곳마다 크고 작은 내 마음의 수채화가 펼쳐진다. 초등학생이었던 동네 아이들은 학교를 마치고 돌아오면 저마다

소를 몰고 산으로 갔다. 앞서거니 뒤서거니 목적지에 도착하면 자기들의 소 뿔 위에 고삐를 돌돌 말아 주면서 "자 지금부터 내가 부르기 전까지는 자유야 마음껏 놀아." 잠시나마 매임에서의 자유를 허락한다.

우리들 또한, 그 시간은 감자도 구워 먹고 개울에서 개구리와 가재도 잡으면서 자연이 주는 선물을 맘껏 누렸다. 귀한 선물을 안으면서도 그에 상응하는 대가를 지불하지 않아도 되었다. 그냥 찾는 대로 자기 것이 되었으니 누구 하나 시샘하는 법이 없다. 그렇게 놀다 하루를 마무리할 즈음이면 자기들의 소를 찾아 집으로 몰고 오곤 했다.

어느 날, 어둠이 집으로 가야 한다고 하는데 우리 소가 없어졌다. 밤이면 늑대와 산짐승이 우글거리는 깊은 산속에서 아버지에게 혼날까 봐 꼼짝도 할 수 없었던 그때, 숨을 쉴 수 없을 만큼 가슴 조렸던 순간, 다행히 이웃의 도움으로 무사히 소를 찾아왔지만 지금 생각해도 가슴이 쿵쾅거린다. 가끔씩 뛰는 심장에 귀를 기울이면 어머니의 젖꼭지에서 뿜어내는 모유처럼 산의 장엄한 소리를 듣는다. 생수의 근원이 된 산을 두고 떠난 것은 사람인데 곁에 서서도 보이지 않는다고 늘 투덜대기만 했었다. 어머니 같은 산, 안기면 안길수록 더 따뜻해지는 산, 스산함이 느껴지는 가을의 문턱에서 잠시 가던 길 멈추고 누구에게나 있을 그 시절 아련한 고향의 산에 한번 가 보기를 권하고 싶다.

# 봄 오는 소리

정오의 햇살이 들썩거리는 속살의 마음을 알기라도 한 듯 살며시 고개 숙인다. 여기저기서 가슴 쩍쩍 갈라지는 소리 들린다. 동네 꼬마들도 신이 난 듯 두꺼운 외투 홀홀 벗어 던지고 산으로 들로 힘차게 달려가 본다. 잠자는 호수에게 달려가 문 두드리니 배시시 웃는다. 만물의 소생이 한 점 한 알의 씨앗에서 시작되듯이 일렁거리는 물결의 춤사위는 어느새 호수 전체를 흔들어 놓는다. 잠시 가벼운 마음으로 마을 어귀 밭두렁에 엎디어 귀 기울여 본다. 따스한 온기가 느껴진다. 겨우내 사랑방 아랫목에서 느슨함을 만끽했던 농부 아저씨도 덩달아 바빠졌다. 들녘의 신부를 맞이하러 단장을 하니 온 세상이 흥겨움에 춤이라도 출 것 같은 기분이다. 하루만이라도 기계문명에 귀 닫고 순수의 들판으로 달려가 신부가 되고 싶다.

임이 오는 대지를 바라보는 마음은 설렘으로 가득 차는가 보다. 괜스레 가슴이 뛴다. 세월의 숫자에 못 이겨 이젠 그날의 한 페이지로 남으리라 생각했는데 갑자기 바구니 옆에 끼고 쑥 캐러 가 보고 싶다는 생각이 들락거린다. 현실은 조금도 시간을 내어 줄 것 같지 않기에 상상의 날개를 달고 추억 속의 담장을 넘어 본다.

내 영혼의 조각보

쌀밥 한 그릇이 금보다도 귀한 시절, 쑥이란 우리의 반찬이며 간식이요, 주식으로 없어서는 안 될 소중한 것이었다. 개울에서 먹을 감을 때는 귀에 물이 들어가지 않도록 쑥 몇 잎을 떼어 와 손으로 비벼 귓속에 꼭꼭 밀어 넣고선 마음 놓고 잠수를 했었다. 지금도 가끔은 그 옛날 기억을 더듬어 쑥이 나올 때면 쌀가루에 버무려 쪄 먹기도 하지만 그때 그 맛이 나지 않는다.

영원히 그 자리에 있을 것 같던 학교의 붉은 벽돌 담장이 자유의 함성을 지르기라도 했을까 조용히 떠나야 했다. 딱딱한 벽돌들이 이사를 하고 그 자리에는 연분홍 철쭉꽃이 얼굴을 내미는가 싶더니 그와 함께 이사 온 갖가지 종류의 돌들과 잔디가 아담하게 자리를 잡았다. 덕분에 내 것이라 만들어 놓고 다듬는 정원이 아니라도 눈만 뜨면 바라볼 수 있는 정원이 새로 생겼으니 어린아이마냥 행복하기만 하다. 이제 내가 떠나기 전에 그들이 먼저 떠나지 않으리라 생각하니 평온한 마음에 미소가 번진다. 생명의 환희를 맛보던 날, 세월의 교차로에서 잠시 머뭇거리지 않을 수 없었다. 아무리 부인하려고 애를 써도 한 겹 두 겹 내려앉는 세월의 무게는 가냘픈 두 어깨의 마음을 헤아려주지 않는다. 움트는 대지의 이목구비를 확인해 보고 싶은 마음에 분주히 채비를 한다. 분명 희망이 부르는 소리이기에 어디까지라도 달려가고 싶은 것이다.

설레는 가슴 접고 일상에 서면 분주함이 앞선다. 생명의 끈을

이어가기 위해서는 필수조건이기에 맥박이 뛰고 심장이 멈추지 않는 이상 달리고 또 달려야 하는 것, 때로는 더 잘 달리기 위해서 휴식이란 틈을 이용해 생수 한 잔을 마시면서 간다. 아직도 먼 산 위에는 흰 잔설들이 여기저기 남아 떠나기 싫은 모습으로 다가오는데 아래 마을에서는 쑥 캐러 가는 여인들의 발걸음이 분주하다. 함께 떠날 여유 없는 내 마음 알기라도 했을까, 양지 바른 교문 가장자리에서 누군가 부르는 소리 들리는 것 같아 살며시 다가가 앉아 본다. 바싹 마른 잔디 사이로 살며시 얼굴 내미는 노란 입술이 예쁘다. 그 가냘픈 몸으로 밟고 밟혀 다져진 땅을 뚫고 올라와 저토록 아름답게 꽃을 피워 내며 새싹을 틔워낼 수 있을까 생각하니 자연의 섭리가 묘하기만 하다. 인간이 만물의 영장이라고 하지만 바위틈 사이에서 피는 꽃을 흉내라도 낼 수 있단 말인가. 비바람 몰아쳐 불편해도 자신의 할 일만 하고 불평불만 하나 쏟아내지 않는 모습, 다시 한번 새겨야 할 것 같다.

돌 틈 사이로 얼굴 내미는 갖가지 잡초와 꽃들이 오늘따라 더 사랑스럽다. 아이들이 던지고 간 장난감 부스러기와 쓰레기들이 행여 그 예쁜 얼굴에 상처라도 내면 어찌하나 염려가 앞서 모래알만 한 조각까지 뽑아내니 새 생명들의 어머니가 된 듯했다. 나의 어머니는 연약한 나를 바라보시며 아무 생각 말고 건강하게만 자라라고 마음속으로 빌고 또 빌었을 것이다. 행여 날아가는 가시들이 날아와 내 보드라운 살결에 상처라도 낼까 봐 감싸고 또

감쌌을 것이다. 그 모습 다시 한 번만이라도 뵙고 싶다. 노란 새싹들이 올라오는 길 따라 함께 오실 수 없는지요. 간절함을 전하고 싶은 날이다. 행여 오시지 못한다 해도 "너의 가는 길목마다 내 먼지 가서 가시덤불 잘라 내고 큰 바위 가로막혀 있으면 세상 사람 다 동원해서라도 치워 버리겠다."는 소리 들리는 것만 같아서 새 힘이 불끈 솟아오르는 것 같다. 희망과 용기를 주는 소리, 땅속 깊은 곳 여기저기서 올라오고 있다. 움츠렸던 가슴 활짝 열고 달려가 반가이 맞이하리라. 봄이 가져다주는 신비한 소리 듣는다. 잠자는 가슴 활짝 열어젖히고 자연의 목소리에 가만히 귀 기울여 본다.

# 까마중

몰랐다. 언제 그곳에 뿌리를 내렸는지, 시멘트 바닥도 아닌 창틀 사이에서 얼굴을 내밀었다. 빗자루 끝에 매달려 따라 나오지 못한 몇 알의 모래를 터전 삼아 뿌리를 내린 것일까. 고정된 창틈에 새싹이 돋고 자라나 꽃이 피더니 주렁주렁 까만 열매를 맺었다. 울긋불긋 고운 열매들이 많은데 왜 하필이면 새까만 열매일까. 그래서 사람들은 그 이름을 까마중이라고 했나 보다.

폭염이 계속되는 날 주위의 창문을 만지면 깜짝 놀랄 정도로 뜨겁다. 때로는 감전이라도 되는 것처럼 소스라치게 놀란다. 그런 곳에서 싹이 나 자라고 있었다. 거름도 물도 주지 않는데 쑥쑥 자라더니 이내 꽃을 피우고 열매를 맺었다. 매일 아침 문을 열면서 마주하지만 인간의 대화로 소통할 수 없어 안타깝다. 아무리 생각해도 이렇게 열악한 환경 가운데서 살아 내는 모습이 신기하기만 하다. 살아 내라고 창문에 물을 가끔 주는 것 외에는 아무것도 할 수 없다. 더 좋은 곳으로 옮겨 주려다 잘못 만지면 이 모습 이대로 볼 수 없으리라는 염려가 앞서 포기한다.

무슨 소리 들린다. 눈 깜짝할 사이 송두리째 뽑혀 간 까마중, 순간 스치는 뇌리의 가슴은 시리다 못해 아리다. 힘들고 고단할 때면 열악한 환경 속에서도 불평 한마디 없이 자라 꽃을 피우고 열매를 맺는 모습이 의지의 표상이었는데 순식간에 날아간 모습, 얼마나 안쓰러웠는지 모른다. 노인일자리의 임무를 완성하느라 통쾌한 기분으로 싹둑 잘랐겠지만 난 매일 아침 그 풀 한 포기를 보며 용기를 가지고 하루를 시작했다. 아무리 임무에 충실한다지만 저 아름다운 삶을 마구 꺾어 버릴 수는 없다며 호되게 야단이라도 치고 싶었다. 최선을 다하여 달려온 길 위에 억울한 일을 당하여도, 허망한 영혼의 가루가 날릴 때도 이렇게 아팠을까. 그가 누구인지 눈앞에 두고도 말할 수 없는 애매모호한 현실, 며칠이 지났는데도 사람의 손에 의해 무차별 죽임을 당한 까마중의 모습이 애처롭게 느껴졌다. 차라리 옥토에 핀 꽃이라면 이렇게 아프지는 않을 것이다. 오늘 따라 창문에 걸린 거미 한 마리 잡을 수 없고 나에게 이롭지 않은 바퀴벌레 한 마리조차 그냥 바라보기만 해야 했다.

누군가에겐 잡초일지라도 누군가에겐 희망과 용기를 주는 선한 이웃일 수 있다는 것을, 함부로 말하지 말며 자신의 기준에 맞추어 판단하지 말 일이다. 제자리에 말없이 서서 향기를 전하며 웃음을 선물하는 풀 한 포기, 꽃 한 송이 함부로 꺾지 말 일이다. 비바람 몰아치며 아프게 때려도 아프다 말하지 않고 그냥 잘 견뎌준 것에 감사한다. 서로를 보듬어줄 수 있는 이웃이 되어 한 걸음

한 걸음 어깨동무하며 걸어갈 수 있는 고운 마음이기를 두 손 모아 본다. 오늘의 안타까운 마음 어둠이 깃들면 잊어질러나. 하찮은 생명일지라도 아프지 않는 세상이었으면 좋겠다.

# 살고 싶은 산청

 삶의 언저리마다 피었다 지고 이별의 서곡이 펼쳐지는 대지 위의 일상은 늘 그렇게 반복되어 생존의 무늬만 남긴다. 언젠가는 떠나야 할 존재의 유한성을 알면서도 영원히 그 자리에 있을 것이라는 착각 속에 사투를 벌인다. 지혜의 묘한 기술이 내 안에 있다는 것을 알면서도 영원을 향유할 것처럼 착각의 오류를 범한다. 가끔씩 이탈의 공간이 흔들리는 시간 속에서 머뭇거리면서도 헤아릴 수 없는 자연의 신비와 함께 걷지 못하고 힘겹게 고개를 넘을 때가 있다.

 해마다 봄이 오면 숨 쉬고 있음에 감사를 보내지 않을 수 없다. 대지의 꿈틀거림에 살며시 다가가 안아 주고 싶다. 오래도록 그 찬란한 생명의 신비가 변하지 않도록 간직하고 싶다. 꽁꽁 언 대지를 뚫고 나오는 여린 새싹들, 바싹 마른 나뭇가지에서 움트는 생명들의 행렬, 그들과 함께 길을 나서는 아이들의 발걸음 속에서 희망을 발견하고, 용기를 얻는 어머니의 결단이 힘찬 하루를 열게 해 주는 곳, 어둠이 물러가고 따스한 햇살이 펼쳐지는 새벽의 고요함은 무언가를 담을 수 있는 빈 그릇을 준비하게 한다.

 "오월은 금방 찬물로 세수한 스물한 살 청신한 얼굴이다. 하얀 손가락에 끼어 있는 비취가락지다. 오월은 앵두와 어린 딸기의 달이요, 오월은 모란의 달이다. 그러나 오월은 신록의 달이다."라고 피천득은 그의 칼럼 〈오월예찬〉에서 노래했다. 어디에서 무엇을 하든 연초록 새싹들과 마주하는 그 빛나는 동산에서 오래도록 머물고 싶은 것은 나만의 생각이 아니리라. 일 년 365일 매일같이 머물면서도 어쩌다 한 번 여행이라도 하는 날이면 돌아갈 보금자리가 있다는 것이 얼마나 감사한 일인지, 그림자만 보여도 안도의 평안함이 스친다. 여행지에서 휘황찬란한 갖가지 유혹들이 자신을 에워싸도 잠시의 눈요기일 뿐 영과 육을 평안히 머물게 하지는 못할 것이라는 것을 짐작이라도 한 듯 그냥 떠나야겠다는 결심을 하는 것이다.

문명의 혜택이 적고 네온사인이 반짝이는 거리를 걸을 수 없어도 좋다. 언제부터인가 내 아들이 태어나고 내 꿈이 이루어지던 이곳에서 살고 싶다는 생각을 하게 했다. 비록 전국에서 제일 작은 고을이라 할지라도 사람이 살아가는 모습이 아름답게 느껴지는 곳이다. 새소리, 물소리, 바람소리는 오월의 향기를 실어 나르는 전령사로 내게 다가와 속삭인다. 피곤한 육신뿐 아니라 영혼의 노래까지 안겨 주는 내 고장 산청, 새벽이슬 머금은 모란 앞에서 또르르 흘러내리는 이슬 한 방울, 이내 강가에 앉아 수중 식구들과 잔치라도 벌이고 싶다.

수많은 곳들이 오염되어 아파도 맑은 물, 깨끗한 공기, 전깃불이 없어도 밤하늘의 반짝이는 별들이 어둠을 밝혀 주는 곳, 황매산 자락에 나풀거리는 오월의 철쭉꽃들의 자태가 반짝거리는 별들의 웃음만큼 아름다운 이웃들이 모여 사는 곳이다. 천혜의 보물이 가득 담긴 지리산의 사계, 갖가지 문화유적이 곳곳에 있어 선인들의 발자국이 선명하게 남아 있는 곳, 선비들의 얼이 가득 담겨 있어 효와 선비사상을 교육하는 선비학교, 이른 아침 부지런한 농부의 손길 속에서 뿌린 만큼 거둘 수 있다는 정직함을 가르쳐주는 곳, 인간으로서 참된 교육을 가르치는 선생님들의 정의가 꽃피는 곳, 인내와 배려의 마음이 있어 더불어 살아갈 수 있는 곳, 아이에게 젖 물리며 눈 맞춤하는 어머니와 아이의 교감 속에 흐르는 생수의 달콤함, 향기처럼 세포 하나하나에게까지 스며들게 한다. 야릇한 신비가 담겨 있는 내 고장 아름다운 산청의 꿈을 그린다.

# 경호강 비경

이른 아침 눈 뜨면 달려가 발 담그고 싶은 곳, 아주 깜찍한 참새들의 인사를 받으며 기분 좋게 발걸음이 옮겨지는 순간, 실바람 타고 흘러오는 경호강의 얼굴은 해맑은 아이들의 웃음소리가 흐르는 것 같다. 은빛 비늘 반짝이며 놀고 있는 피라미들 놀랄까 봐 살며시 손 내밀어 넣어 본다. 어, 이상하다 사랑하는 내 마음 알기라도 하듯 단체로 환영의 인사를 한다. 살짝 두 발을 내밀었더니 발등을 간질인다. "아이 간지러워." 물방울이 춤을 춘다. 여기서 폴짝, 저기서 폴짝, 존재의 신호라도 보내는 듯 어미물고기들의 공중곡예가 마치 신나는 서커스를 연출하는 것 같다.

지금의 경호강은 생초면 어서리 강정에서 진주의 진양호까지 80여 리(약 32km)의 물길을 말한다고 한다. 국도 3호선과 진주에서 함양 간 고속도로와 나란히 흐르기 때문에 차를 타고 가면서 쉽게 강의 아름다운 모습을 볼 수 있다. 강폭이 넓은 데다 큰 바위가 없고 굽이굽이에 모래톱과 잔잔한 돌들이 퇴적돼 있어 유속은 빠르지만 소용돌이치는 급류가 거의 없어 새로운 수상레저인 래프팅의 조건을 잘 갖추고 있으며 한강 이남의 유일한 래프팅 장소로 알려져 있다.

맑은 강물에 배를 띄우고 굽이치는 물결 따라 내 마음을 맡기면 하늘에 둥둥 떠다니는 여유로움을 만끽한다. 여~엉 차 영차 뱃머리를 돌리며 청춘을 즐기는 모습은 남녀노소 한마음이 된다. 래프팅은 젊은이들의 모험심을 담아내기에 안성맞춤이라 해마다 여름이면 래프팅을 위해 산청 경호강을 찾는 젊은이들의 발길이 끊이지 않는다. 래프팅을 하는 순간순간의 그 짜릿함은 젊은이들뿐만 아니라 아이들로부터 어른까지 온 가족이 힘을 모아 가족의 단합된 힘을 보여 주는 강이기도 하다. 생활반경의 접점에 있어 강의 아름다운 풍광을 사계절 볼 수 있으니 모두가 감사한 일이다. 새로운 공기의 신선함이 그리운 시간이면 가벼운 옷차림으로 그 강에 서 본다. 삭막한 한겨울의 무게를 뒤로하고 고요히 흐르던 강물은 어느 순간 연초록 이파리들의 고운 모습을 물 위에 띄운다. 얼마나 맑은지 두둥실 떠가던 뭉게구름이 수영이라도 하러 온 듯 비친다. 깜짝 놀라 내 손안에 살며시 담아 본다. 혼자 보기에는 아까워 길동무를 불러 세운다. "여기 좀 보셔요. 저 하늘의 구름이 여기 강물 위에 수영 하러 왔나 봐요."

세상의 무거운 짐 내려놓으려 한 발 한 발 다가간 이들의 영혼을 보듬어 주며 "그래 많이 아팠구나." 어루만져 주며 용기를 주고 세상의 거친 파도를 헤쳐 나갈 수 있게 한다. 가끔은 성난 황토물의 무게를 받아 주면서 견뎌내었기에 햇살 고운 날 반짝이는 모래알들을 보며 그 하얀 마음을 내 마음으로 바꾸게 한다. 이끼 긴 얼굴을 깨끗이 씻겨 주었기에 생명 있는 모든 이들에게 맑은 물에 몸 담을 수 있는 아름다운 선물을 건넨다. 건딘 자의 자리에는 언제나 환한 햇살이 비치는가 보다.

목말라 애타는 곡식들의 마음 헤아리며 농부들의 마음 흠뻑 적셔 주는 경호강물, 생수의 역할을 하니 말없이 베푸는 큰 사랑이리라. 이 또한 헛되지 않아 나라와 가족 위해 희생하신 순국 영령들이 계신 수계정공원이 있어 한층 더 맑은 물의 참된 뜻이 담겨 있다는 것을 느끼게 한다. 가만히 내려다보면 흘러가는 강물은 말이 없다. 가다가 큰 바위의 장애물을 만나면 돌아서 가고, 가시가 찔러도 아프다 하지 않으며 그냥 주어진 길을 향해 묵묵히 가고 있다. 여기에 서면 세상 어디 하나 불평할 것 없다. 돌아서면 투덜거리게 되니 이 강물 곁에 오래오래 머물고 싶다.

3부
-----

# 자연과 사람

# 산청 동의보감촌

"일어서리라. 거기까지는 가야 한다." 숨 가쁘게 달려오느라 나만의 프레임에 빠져 많은 것을 잃어버린 것은 아닐까, 가끔은 자신을 돌아보게 한다. 탄탄대로였던 길이 어느 날 한 없이 좁아지며 꼼짝할 수 없다. 온몸의 기가 다 빠져 버린 순간들, 그때마다 산으로 가기를 즐겨했다. 사람이 무슨 말로 위로한다 해도 그곳에서 얻는 위로보다 더 나은 것이 없다는 것을 오래전에 이미 알아 버렸는지도 모른다. 제2의 고향으로 새 삶이 주어지고 40년의 세월이 이곳에서 이어지고 있다. 많은 사람들이 더 나은 곳을 향하여 고향을 떠나지만 시간이 흐를수록 이보다 더 살기 좋은 곳이 없다는 생각을 한다. 문명의 혜택을 많이 누리기 위해 떠난다지만 삶의 청순한 이야기들이 숨어 있는 이곳에서 그 보물을 캐며 살리라는 각오를 했다.

높은 하늘과 울창한 숲, 맑은 물이 흘러 삶의 활력소가 넘치게 하는 곳, 밤하늘의 영롱한 별빛을 볼 수 있어 가슴 내밀어 숨 한 번 크게 쉬고 나면 다시 일어설 수 있어 용기가 생기는 곳이다. 산청동의보감촌은 2013년 산청세계전통의약엑스포가 열린 곳이다. 지리산 아래 자리 잡고 있는 작은 산골마을이지만 이른 아침 눈뜨면 어느 악기보다 아름답게 들리는 새소리, 물소리, 맑은 공기, 아이들의 웃음소리가 드높은 가을 하늘에 반짝거리는 햇살만큼이나 곱게 들리는 곳이다. 하루를 시간 내어 떠난 짧은 여행이었지만 해질녘이면 내 삶의 터전이 있는 이곳이 그리워진다. 아무 때나 가족 친지, 지인들에게 소개하고 싶은 곳이다. 저마다의 삶이 바쁘다는 이유로 온 가족이 모여서 넉넉하게 이야기 한번 나눌 기회가 없어 아쉬웠는데 오빠의 칠순잔치를 이곳 동의보감촌에서 할 수 있는 기회가 주어졌다.

삼남매의 가족이 함께 모인다는 것만으로도 설레었는데 '허준'의 이야기가 있고 세계전통의약엑스포가 열렸으며 3대 기(氣) 체험명소가 있는 이곳에서 했다는 것만으로도 가슴 뿌듯했다. 원근 각처에서 모인 식구들은 동의보감촌에서 식사를 하고 이야기하며 걷다 보니 동의전까지 갔다. 몇 번 갔던 곳이지만 특별한 날이라 그러한지 소풍 나온 아이처럼 가슴은 뛰었고 함께 한 형제들과 무엇이라도 많이 나누고 싶었다. 전국문화관광해설사 회장님의 유머와 재치는 똑같은 내용일지라도 더 재미있게 들을 수 있게 했다. 이야기 속으로 들어가 기(氣) 바위에 대한 새로운 느낌을 받으며 직접 체험해 보기도 했다. 이곳에는 약 1,000여 종의 약초들이 자라고 있다고 하니 어느새 몸을 감싸는 약초 향기에 온몸은 하늘을 날 듯 가뿐해진다. 해설사의 설명에 맞춰 기체조를 하고 오링테스트를 하고 나면 생각지도 못한 기운이 흐른다고 한다. 모두가 한결같이 "어, 신기하네." 했다. 귀감석 앞에서 우리는 사진도 찍고 저마다 풀리지 않는 일들 있으면 잘 되기를 바라며 복을 담는 그릇이란 복석정으로 향했다. 여기에 동전을 세우면 좋은 일이 일어난다고 해서 우리도 한 번씩 해 보기로 했다. 그냥 웃으려고 하는 이야기일지라도 얼마나 기분 좋은 일이냐며 주머니에서 동전을 꺼내 조심스레 세워 보았다. 처음에는 잘 되지 않았지만 한참을 벼룬 끝에 세우고 나니 비록 작은 것이지만 그 성취감에 모두 다 한바탕 허허 치고 웃었다. 그날 이후 모든 형제들이 지금까지 평안히 잘 살고 있다는 소식에 비록 하루하루의 삶이 고단할지라도 그날을 생각하면 모두가 감사로 와닿는다.

동의보감촌 입구에 차를 세우고 꽃길을 따라 걷다 보면 아래에서 느끼지 못한 기운이 심경의 변화를 일으킨다. 동의전 앞에 이르면 온몸을 감싸는 상큼한 기분, 어디 이러한 공기를 마실 수 있을까 싶다. 천만금을 준대도 살 수 없는 것이니 혼자 누리기에는 너무 아까워 방송이라도 하고 싶었다. 해마다 눈꽃향연이 펼쳐지는 것 같은 동의보감촌의 구절초를 바라보면 하얀 꽃구름마차 타고 하늘을 나는 공주가 되는 기분이니 더 이상 무엇에 비교하랴 싶었다.

# 어머님의 두릅나물

뚜~ 뚜 대답이 없다. 아무래도 걱정이 앞선다. 수화기를 놓으려는 순간
"여, 여보세요."
급하게 뛰어와서 받으시는 음성이다.

비 갠 후에 자연이 내게 선물한 경이로움 때문일까. 외로운 이들이 생각난다. 눈부신 햇살을 받으며 피어나는 이파리들을 보노라면 너무 아름다워 살짝만 부딪혀도 눈물이 날 것 같다. 행여 부주의로 예쁜 얼굴에 상처라도 내면 어찌하나 염려되어 멀리서 바라만 보리라고 다짐을 한다. 누군가 내게 와 눈물을 가장 많이 흘리는 때가 언제냐고 묻는다면 낙엽 지는 가을이 아니라 이제 막 새싹이 돋아나 눈부신 햇살을 받고 하늘거리는 싱그러운 5월이라고 대답할 것이다. 전자의 것이 실망과 절망에 빠져 아무런 희망 없이 허우적거리는 것이라면 후자의 것은 소생과 환희의 기쁨에 들떠 무언가 이룰 수 있다는 자신감을 주기 때문이다. 감사의 전율이 가슴을 적신다. 오늘 살아 있어 누군가와 얘기 나눌 수 있다는 그것만으로도 행복할 때가 있다. 어느새 난 실바람에도 흔들

리는 가냘픈 이파리가 되어 가슴이 떨린다. 까르르 웃는 아가의 웃음소리가 새롭게 들려와 기쁨을 준다.

　분주한 아침 시간이 끝났다. 늦은 아침을 챙기려다 연로하신 분이 식사는 하셨을까. 세월의 이쪽보다는 저쪽이 가까운 어머님이 생각나 전화를 드렸다. 마음은 원하지만 주어진 현실이란 게 집을 찾은 손님이 식사준비를 해야 할 만큼 두서없는 일상이고 보니 마주 앉아 도란도란 얘기 나눌 시간도 없다. 야야, 그러잖아도 너희 집 가려고 이것저것 준비하는 중이었단다. 어머님의 뜻밖에 대답이었다. 멀리 있어도 늘 건강하게 편히 게시기를 바라는 자식의 마음과 내게 있는 모든 것 아낌없이 아들 손자에게 다 주시고 싶은 어머니의 마음이 함께 한 순간이었으니 이보다 더 흐뭇할 수가 없었다.

　아버님께서는 돌아가시기 전에 평생 가꾸던 밭에 두릅나무 몇 그루를 심으셨는데 그 열매를 따기도 전인 그해 겨울 다시는 올 수 없는 먼 길을 떠나셨다. 1년이 지난 올 봄, 그 나무는 어린 새싹을 틔웠고 하루가 다르게 피어나는 두릅을 혼자 드시기에는 눈물겹기에 아들 손자와 나누고 싶었던 것이다. 누구에게 말씀은 안 하셔도 아버님이 너무 그리우셨던 것이다. 그렇게도 정성을 다하여 심어 놓은 두릅, 맛 한번 보지 못하신 채 가시다니 몇 번이고 되뇌며 길 떠날 채비를 하셨으리라. 두릅은 새싹이 돋아난 후 너무 어리거나 크지 않은 중간에서 꺾어야 고급 반찬으로 사용된다. 요즈음은 많은 사람들이 인위적으로 재배를 해 흔하게 먹을 수 있지만 깊은 산속에서 자연적으로 자란 나무에서 채취해 시장에 팔 때는 주머니 속사정이 약하면 아예 살 엄두도 내지 못할 만큼 비쌌다.

버스를 세 번이나 갈아탄 후 어머니가 주차장에 도착하셨을 때 얘야, 마중 나와라 하셔도 되련만 그 무거운 것을 머리에 이고 양손 가득 들고 뒷문으로 살짝 들어오셨다. 행여 자식의 영업에 방해가 될까 그렇게 조심스러운 발걸음을 옮기셨다. 가지고 오신 것들을 식탁 위에 펼쳐 놓으시는데 죄송한 마음이 앞섰다. 팔순이 다 되어 가는 세월의 무게를 힘겹다 않으시고 두릅나물과 머위, 미나리, 파 등 손수 지으신 갖가지 채소들을 좋은 것들만 골라 봉지마다 가득 담으시고 쑥버무리까지 한 바구니 가득 담아 오셨다. 인스턴트식품에 길들인 세대가 아니라 그런지 오늘따라 더 새롭게 보였다. 와, 맛있겠다. 한 덩어리 입에 넣으며 어린아이처럼 즐거워했다. 건강식품을 선호하는 요즈음 이보다 더 좋은 것이 어디 있을까 싶었다.

잠시 이런 저런 얘기를 나누다 이제 농사일도 힘드실 텐데 이곳저곳 나들이도 하시면서 편히 쉬시라고 말씀은 드렸지만 어머니는 올해도 고추 심고 감자 심으셨다. 갑자기 앞에 계신 어머니의 삶 속에서 친정어머니의 모습이 떠올라 주체할 수 없는 눈물을 삼켜야만 했다. 출가하면 외인이라던 딸자식인데도 약한 딸의 건강이 염려되어 장작불 피워 염소 한 마리 삶아 찜통에 담으시고, 덜컹거리는 버스 안에서 그 국물이 쏟아질까 혼신의 힘을 다해 100리 길 멀다 않으시고, 마치 갓난 아이 보듬듯 안고 오셨다. 20년의 세월이 흘렀건만 그때를 생각하면 지금도 가슴이 아려온다. 단칸 셋방에 웅크리고 주무신 채 이른 새벽 농사일이 바쁘다며 홀쩍 떠나시는 뒷모습만 바라보며 한없이 울었던 순간이 주마등처럼 스쳐 지나갔다. 따뜻한 밥 한 그릇 해 드리지 못한 채 다시는 뵈올 수 없을 줄 생각 못하고 살아오다 보니, 늘 문제 앞에서 바로 해결하지 못하고 미련스럽게도 버스가 지나고 난 뒤에 손드는 삶인 것을, 고백하지 않을 수 없다. 훗날 똑같은 독백의 잔을 마시지 않으리라 다짐을 하건만, 현실은 이상과 어울리지 못해 늘 멀리에서 바라만 본다.

하룻밤 쉬어 가시라고 옷자락을 붙들어 보지만 어머님은 자식의 삶에 짐이 될까봐 "다음에 또 오마." 하시면서 홀쩍 떠나셨다. 두어 시간이 지나 잘 도착하셨을까 전화를 드렸다. 어머님은 "오냐, 잘 왔다." 하시면서 "밥도 제대로 먹지 못하고 약한 몸으로 일하며 사는 너를 보니 어찌나 마음이 아프던지 가슴이 저려 오더구나." 하셨다. 그 한마디에 죄송함과 고마움의 눈물이 흘러내렸다. 오랜 전통의 선입견을 버리지 못하고 며느리란 그늘아래 늘 멀게 느껴지기만 했던 어머님, '내 너를 사랑한다.' 말씀은 안 하셨지만 묵묵히 내 삶의 기둥이 되어 주시고 힘들고 어려울 때 붙들고 일어날 수 있도록 밀어 주고 끌어 주신 분이다. 하늘보다 높고 바다보다 깊다는 어머니에 대한 노래가 가슴 찡하게 와닿는 순간이었다. 대답 없어도 그 노래 다시 한번 불러 보고 싶다.

오늘 저녁은 어느 날보다도 풍성하게 차려졌다. 특별한 사랑이 담긴 두릅나물에 초장을 곁들였고, 각종 채소들은 무침을 하였으며, 어머니께서 손수 재배한 콩으로 담근 된장으로 국을 끓였다. 퇴근한 남편과 아들이 함께 한 저녁, 자초지종을 얘기했더니 어느 사이 밥 한 그릇을 다 비웠다. 아무리 무뚝뚝한 남자들이이라지만 가슴 찡했으리라. 어려운 시대에 농촌에서 나고 자란 탓일까 남편 직장을 따라 다니면서 자투리땅이라도 생기면 각종 채소를 심어 가꾸어 먹었다. 밭에서 바로 뽑은 싱싱한 것들을 그대로 식탁에 올렸을 때의 맛이란 그 무엇과도 비교할 수 없었다.

물질문명의 발달로 원하는 것은 무엇이든 가질 수 있어 살기 좋은 세상이라지만 우리 모두는 진정한 어머니의 사랑을 잃어버렸다. 자유를 외치다 방종이 되어 버린 탓일까, 급격하게 증가하는 이혼으로 어린 아이들이 거리로 내몰리고 가까이 가고자 하나 다가서면 한 발자국 물러서는 아이들을 보노라면 이대로 편리함의 문화만 추구해서는 안 된다는 생각이 든다. 개방화의 물결에 밀리어 농민이 힘들어지고 흙이 숨을 쉬지 못하는 현상이 일어나고 있다. 하지만 흙은 어머니와 같다. 어머니가 무너지면 가정이 무너지고, 흙이 숨을 쉬지 못하면 지구가 무너진다. 한 생명이 태어나 스스로의 길을 가기까지는 헤아릴 수 없는 어머니의 사랑이 있으며, 인간이 내보낸 온갖 오염물질로 신음하면서도 한 그루의 나무가 자랄 수 있는 것 또한, 어머니인 흙이 세찬 비바람에도 넘어지지 않도록 최선을 다해 붙들어 주었기에 미약하나마 누군가의 버팀목이 되어 이 자리에 서 있는 것이라고 믿는다. 이제 하늘로만 날고자 하는 꿈은 잠시 접어 두고 아래로 내려와 흙과 입맞춤하며 소곤소곤 얘기 나눌 수 있는 여유를 가졌으면 하는 바람을 가져 본다.

삶이 힘들고 지칠 때 한적한 내 고향집으로 돌아가 마당 한가운데 놓인 평상에 누워 밤하늘을 바라보며 엄마, 아빠, 언니, 누나와 손잡고 저 별은 나의 별, 저 별은 너의 별로 사랑 이야기 엮어 가는 평화로운 세상이었으면 좋겠다.

# 길에서 만난 사람들

비 갠 후의 가을 하늘이 너무 깨끗하여 그 묘한 감정을 한꺼번에 날려 버리기에는 아쉽다. 하나씩 꺼내어 보고 또 안아 보고 싶다. 계절이 가져다주는 비밀은 도저히 알 수가 없다. 어제 저녁까지만 해도 더위에 지쳐 땀을 뻘뻘 흘렸는데 이른 아침 살결에 와 부비는 감촉은 길동무가 되자며 어깨동무를 한다. 천둥번개가 천지를 뒤흔들던 밤이 언제이었냐는 듯 새 날은 밝았고 어디에 갔다 왔는지 아침 햇살은 살며시 내 곁에 섰다.

밤새 내린 비의 양이 궁금하여 강둑에 서 보았다. 어느 누구의 억울한 눈물이 저토록 많은 것일까. 참을 수 없는 서러움이 폭발하여 그 짧은 시간에 저리도 많은 양의 울음을 토해낸 것인지 등골이 오싹해진다. 만신창이가 되어 굴러온 것일까, 본연의 자태는 간곳없고 방금 입은 상처의 아픔처럼 흙탕물로 가득 차 흐르고 있다. 조금만 더 내린다면 저 높은 다리 위까지 침범할 것이다.

보다 나은 삶의 영위를 위해 오늘 아침도 지난밤의 휴식을 토대로 출발하는 사람들을 바라보며 길가 쉼터에 앉아 보았다. 조금 일찍 일어난 여유로 얻은 선물이라 생각하니 마냥 행복하기만 하다. 아침 이슬이 조용히 잠들었던 그 자리에서 자주 만난다는 것만으로 반갑게 인사를 나누던 그녀, 어디쯤에서 나를 봤는지 옆에 와 앉는다. 출근길이라는데 일찍 나왔기에 시간이 많다면서 이런저런 이야기들을 불러 모은다. 어느새 나는 그녀의 가슴이 되어 뛰고 있었다. 〈여자의 일생〉이란 영화의 한 장면이 떠오른다. 어린 나이에 시집와서 일흔이 다 되어 가는 이 순간까지 힘든 삶을 이어 오고 있는 과정까지 어쩌면 그렇게도 혹독할 수가 있었을까. 지나온 나의 삶도 힘들었다고 생각했는데 그녀에 비하면 사치스러운 것은 아니었는지, 지금까지 지내온 것 감사하다고 할 수밖에 없었다.

살며시 가슴에 안기는 햇살을 안으며 그녀는 못다 한 이야기가 있을 법도 하련만 일어서야만 했다. 돌아오는 길에서 낯선 아저씨와 마주친다. 인적이 드문 곳에서의 낯선 사람과의 만남이란 두려움의 대상이 된 현실이라 인사를 할까, 외면할까 어색한 표현이나마 한마디 건넨다. "안녕하세요." 어느새 두려움은 사라지고 가까운 이웃으로 다가섰다. 내 안의 울타리를 벗어나 새로운 세계를 여행하고 싶었던 욕망 하나 펼쳐볼 수 있는 시간이라 생각하니 가슴이 뛴다. 영원한 터널같이 느껴지던 어둠도 한 발자국 뒤에는 밝은 햇빛이 있다는 진리가 귓가에 와 속삭이니 새 힘을 얻는다. 어느 때와는 달리 여유를 가질 수 있는 아침이다. 내 안의 울타리를 벗어나면 무엇이 나를 기다리고 있을까, 새로운 세계로 날고 싶은 욕망은 청춘의 그 이상이다. 생각하니 올망졸망 붙었던 근심걱정이 순식간에 날아가 버렸다.

　가벼운 마음으로 운동장 안에 섰다. 세월의 숫자에 눌려 이마며 팔, 얼굴 어디 한 곳 팽팽한 곳이 없는 할머니, 허리에는 더 이상 주저앉지 말아 달라고 방패를 두르고 계셨다. "안녕하세요." 떠나는 이슬과 찾아오는 태양을 바라보며 건네는 인사, 거기에는 이해타산이 있을 수 없었고, 높은 하늘 아래 광활한 대지 위에서 만날 수 있다는 반가움 하나로 그렇게 서로를 바라볼 수 있는 것인지, 할머니는 말씀하신다. "다른 것은 다 먹어도 나이는 먹지 마소." 자고 나면 새로운 것이 생겨나 젊은이들을 따라갈 수 없다. 문명의 발달을 힘입어 과연 나는 할머니의 염원을 이룰 수가 있을까. 아마 내가 그 문제를 해결한다면 이 지구는 어떻게 될 것인가, 호기심 많은 아이처럼 끝없는 상상을 해 본다.

# 자연의 소리

오랜만의 외출이었다.

일상의 테두리 안에 갇혀 지낸 지 얼마나 오래였었는지 진달래 개나리가 핀지도 모른 채 어느새 나무들은 새 옷을 갈아입으려 한다. 오랜 병상에서의 나들이란 모든 게 신기하고 새롭다. 기어가는 개미 한 마리의 꿈틀거림이 얼마나 아름다운가. 실낱같은 바람에도 살랑대는 잎새를 보면 달려가 입맞춤하고 싶다, 개울가에 흐르는 물을 보면 물이 가진 가늠할 수 없는 맑은 깊이가 느껴져서 가슴이 아려오기도 한다. 굽이마다 가시에 찔리기도, 때로는 험난한 계곡에 부딪히며 내동댕이쳐지면서도 그저 자기의 길을 묵묵히 걸어가면서 불평 한마디 하지 않는다. 다만 주어진 임무를 다할 뿐이다. 그런데 만물의 영장이라고 자처하는 사람들은 어떠한가. 자연의 순리를 외면한 채 자신의 안일만 생각하다가 아옹다옹하는 모습들, 다만 상처를 주고받을 뿐인데도 말이다.

우리는 토실토실한 아가의 모습은 좋아한다. 그러나 산전수전 다 겪은 할머니의 삶은 외면하며 누구하나 관심 있게 봐주지 않는다. 오늘따라 백발의 할머니가 얼마나 존경스러운지, 짧고도

긴 세월 속에서 크고 작은 삶의 애환들을 간직한 채 살아왔다. 견디고 인내하며 살아온 열매는 오늘 또 하나의 새 생명을 잉태케 할 것이다. 차창 밖으로 스치는 만물의 신선함이 얼마나 고마웠는지, 잠시도 숨을 쉬게 하는 공기가 없다면, 철따라 내리는 비가 없고 햇볕이 우리에게 가까이 오지 않는다면, 아무리 최첨단의 기술문화 속에 살아갈지라도 자연의 도움 없이 우리는 한 순간도 삶을 영위할 수 없다. 과학이 발달해도 그토록 많은 공기와 햇볕, 물을 만들 수 있으며, 캄캄한 어둠 속에서 반짝반짝 빛나는 별 하나 만들 수 있단 말인가. 사계절의 뚜렷한 변화는 축복받은 사람만이 누릴 수 있는 특권이다. 봄이면 새싹이 돋고 여름이면 잎새들의 무성한 활동, 가을이면 형형색색의 옷차림으로 감탄사를 자아내게 하는 신기함, 겨울이면 벌거벗은 몸 하나로도, 세찬 폭풍우와 시리고 시린 아픔을 참아내어 또 하나의 생명을 잉태케 한다. 우린 모든 일에 얼마나 참고 참을까. 자연은 생명이다. 우리는 참으로 현명하면서도 미련하고 무지하다. 병들어 봐야 건강의 소중함을 느끼고 그것의 고마움을 안다. 이제는 삶의 가을이 왔다고 속삭인다. 뇌세포의 이탈로 삶의 용기 하나 하나 잃어가지만 유년시절의 고난과 시련이 원망스럽지만은 않다. 때때로 일어나는 고난과 시련은 그것을 극복하기 위한 강한 의지를 불러오기 때문이다.

  오늘날은 물질문명의 발달로 일상의 소중한 물건들이 너무나

값없이 내동댕이쳐진다. 요즘 아이들은 잃어버린 물건들을 찾으려 하지 않는다. 우유는 먹기 싫으면 발로 밟아 차 버리고 연필은 삼분의 일도 쓰지 않은 채 굴러다녀도 애써 찾으려 하지 않는 등 그 물건의 희소가치를 모른 척 한다. 더구나 형편이 어렵다고 도움을 받는 아이들조차도 너무 많이 받기 때문일까. 그들 또한 마찬가지다. 환경보호니 자연보호니 하면서 많은 구호를 외치고 있지만 그보다 먼저 개개인의 인성부터 점검해 보아야 할 것이다. 때와 장소 할 것 없이 아이들의 입에서 무지막지한 언어들이 쏟아지는 것을 볼 때면 놀라지 않을 수 없다. 어린이의 마음은 하얀 백지다. 그 위에 무엇을 그리느냐에 따라 빛과 어둠으로 나타난다. 부모든 아이든 언제 어디서나 어둠을 물리치고 환한 빛으로 세상에 이로움을 주는 존재이기를 바랄 것이다. 불의를 물리치고 정의의 자리에 우뚝 선 자식을 바라보는 부모의 마음은 엎드려 절이라도 해야 할 만큼 고마운 것이 인지상정이다.

언제부터인가 여름이면 너도나도 할 것 없이 피서란 이름으로 집을 떠난다. 올해도 어김없이 피서지의 모습은 쓰레기로 몸살을 앓고 있다. 해마다 되풀이되는데도 뚜렷한 해결책을 내놓지 못하고 있다. 나름대로 수칙을 정해 보았다. 첫째, 자기가 가지고 온 일체의 물건과 쓰레기는 자신의 집으로 가져갈 것, 둘째, 피서지에서 쓰레기를 버리는 사람에게는 그 즉시 처벌을 할 것, 셋째, 누구를 막론하고 피서를 떠날 땐 쓰레기봉투를 반드시 준비해 갈

내 영혼의 조각보

것, 처음에는 몇 년 동안 무심코 지나온 습관들을 고치기 힘들겠지만 자연의 신음소리조차 듣지 못한다면 우리들 자신이 먼저 죽어 갈 것이다. 정부에선 이에 재정을 아낌없이 써야 할 것이다. 해마다 이맘때쯤이면 대학생들의 아르바이트 수가 늘어난다. 학생들에게는 수고한 노력의 소중함도 배우게 할 것이며 다시 한번 자연의 세밀한 음성을 들을 수 있는 시간이 될 것이다.

자연은 우리에게 무한한 생명의 선물을 주는데 감사해하기는커녕 그것을 해치고 있다. 만약 자연이 고갈된다면 아무리 오래오래 건강하게 살고 싶어도 힘없이 무너지고 만다. 한 번쯤 자연의 소리에 귀 기울이며 자신을 돌아보고 그 은혜에 감사할 수 있는 마음이기를 간절히 바라고 싶다.

# 산행

해마다 이때쯤이면 우리 교회에서는 남녀노소 구별 없이 하나가 되어 가족여행을 떠나는 것처럼 교우들과 산행을 떠난다. 저마다의 사정은 접어 두고 산이든 바다든 하나가 된다. 출발점에 있어서 형식과 격식에 얽매이지 않으며 청바지에 티 하나 걸치면 된다. 내 작은 울타리를 벗어나 잠시나마 휴식을 취할 수 있음이 마냥 즐겁다. 스치고 지나는 들녘에는 간간이 모내기를 하는 곳이 보인다. 조금 이른 것 같지만 계절의 속삭임은 어쩔 수 없나보다. 눈길 속에 비쳐지는 모습들이 낯설지만은 않았다. 무릎까지 걷어 올린 몸뻬에 머리에 수건을 질끈 동여맨 할머니의 모습은 마치 친정어머니를 뵙는 것 같았다. 마음은 고향으로 달려갔지만 이내 주인 잃은 빈 집이라는 것을 생각하지 않을 수 없다.

세파에 지치고 상한 영혼의 고단함을 모두 내려놓을 수 있는 천연의 자태 앞에 서니 어느새 하얀 마음 되어 자연과 함께 어울렸다. 육신은 이미 불혹의 나이를 넘어섰건만 싱그러운 맑은 새소리와 살랑대는 바람결 따라 나풀대는 나뭇잎들을 바라보노라면 아직도 젊음의 생기가 내 안에도 있음을 느낀다. 삶의 영위를 위해 생의 공간에 갇혀 좀처럼 맛볼 수 없었던 행복감, 파릇파릇 솟

아난 잔디 위에 뒹굴어도 보고 도로 양옆에서 반기는 새싹들의 얼굴 위에 살며시 볼을 비벼 보기도 했다. 현실에 부대껴 미워하고 재촉하며 안타까워했던 아픔들은 지워질 추억의 한곳으로 밀어내고 오늘 이 순간처럼 깨끗한 삶이었으면 얼마나 좋을까란 소망을 안아 본다.

1시간 남짓 걸어서 우리 일행이 자리 잡고 있는 황매산 정상에 도착했을 때 산(山)이 인간(人間)을 끄는 위력 앞에 새삼 놀랐다. 만삭이 된 임산부는 세 살짜리 아이를 업고, 어떤 분은 수술을 하여 절뚝거리는 다리로, 회갑이 지나고 뇌수술을 하여 온전하지 못한 몸으로 비탈진 언덕길을 오르셨으니 잠시나마 차를 타고 왔던 내 모습이 부끄러웠다. 가파른 언덕길을 오를 때에 비하면 어디 이런 평원이 있을까 싶었다. 신기하여 농장으로 다듬었냐고 물었더니 자연적으로 생겨난 곳이란다. 젖소들이 풀을 뜯고 형형색색의 아름다운 꽃들이 저마다의 자태를 자랑하며 청춘의 기개를 맘껏 펼치고 있다. 군락을 이루며 피어난 철쭉꽃들은 보는 이로 하여금 저마다의 감탄사를 자아내게 하였으니 그 향기야말로 자연이 준 위대한 선물임에 감사를 보내지 않을 수 없다.

황매산에 먼저 도착한 사람들은 사진 찍기에 여념이 없었다. 젊음을 과시하는 청년들과 학생들은 쳐다만 보아도 아찔한 최정상을 오르고, 40대의 한 부인은 몸의 이상을 느껴 중도에서 포기했다고 땀을 뻘뻘 흘리며 내려왔다. 마음 같아선 젊은이들의 행렬에 함께 하고픈데 자연의 순리를 거부할 수 없다. 과연 해낼 수 있을까란 두려움이 앞서 한참을 망설였다. "아니야" 망설일 수만 없다는 열정을 앞세우며 최정상을 향했다. 중간쯤 올라갔을 때 뒤를 돌아보니 현기증이 나고 절벽 아래를 내려다보았을 땐 어지럼증에 현기증이 나 잠시 눈을 감았다. "아니다. 여기서 그만둘 수는 없다." 크게 한 번 소리치며 용기를 냈다. 뒤에서 초등학생인 아들과 아버지가 따르는 듯했는데 어느새 아이는 앞서 갔다. 노파심에서일까 "이렇게 가파른 길은 천천히 가야 한다."면서 마치 내 아이처럼 걱정스런 표정을 지으니 뒤따르던 아저씨는 "힘드시죠." 어디 사는 누군지도 모르지만 상대방의 마음을 헤아리며 다정하게 얘기를 건넨다. 벼랑에서의 두려움도 따뜻한 말 한마디에 사라진다. 인고의 세월을 묵묵히 견뎌내고 철따라 고운 모습을 견뎌낸 자연의 숭고함에 두 팔 벌려 나누지 못했음에 무릎 꿇고 고백하는 마음이었으니 참으로 뜻깊은 순간이었다.

　정상에 섰다. 조금만 더 손을 높이 들면 하늘과 하나 될 것 같다. 이내 뽀얀 무리들이 쫘 달려온다. 고개를 돌려 반대편 아래를 보니 계절의 따사로운 햇살을 받으며 젖소들이 한가로이 풀을 뜯고 가만히 누워 휴식을 취하는 모습이며, 친구에게 살며시 다가가 속삭이는 모습이 아련히 보인다. 깎아지른 절벽과 풍우에 씻기고 닳아져 마치 빗살무늬처럼 서 있는 바위틈 사이로 다소곳이 피어 있는 이름 모를 하얀 꽃은 신기하기만 하다. 창조주의 섭리를 메마른 공간에서 가슴속으로만 생각했던 새로운 또 하나의 발견, 나 혼자만이 아닌 사랑하는 가족들과 함께 했으니 이보다 더 행복할 수는 없다. 정상을 내려오니 일행은 점심식사가 거의 끝나가고 있었다. 애타게 나의 밥그릇을 지키는 한 사람, 사랑하는 마음 있어도 아무런 표정 없던 17년의 세월, 혼자서 산을 올라간 아내가 걱정되어 점심식사도 제대로 못했다는 친구들의 우스갯소리, 이내 그이는 밥이 어디 있다며 챙겨주기까지 한다. 나 여기 우뚝 서 상큼한 공기와 따사로운 햇살 아래 환하게 미소 짓는 철쭉을 바라보며 사랑의 고백을 느꼈으니 오늘 산행의 고마움이야 무엇에 비교하랴 싶었다. 그이와 두 아들과 카메라를 향하여 멋진 폼을 잡으니 모두가 우~~아 한다.

오랜만에 대자연의 풍요로움을 바라보며 훗날에 내 조그만 육신마저도 아무런 불평 없이 받아줄 대자연이 있는데 이제 더 무엇을 염려하랴 싶었다. 내려오는 길목에선 농촌에서 나고 자란 솜씨를 발휘해 취나물이랑 미나리, 요것조것 뜯어 모으니 알뜰한 주부란 칭찬도 듣고, 다리가 아프다며 기다란 막대기를 짚고 내려오는 친구에게 산신령이란 이름을 붙여 주어 한바탕 폭소를 자아내게 하고, 작두 뿌리를 캐내어 산삼이라고 일행을 깜짝 놀라게 했으니 오늘의 스타는 나라는 착각을 하게 한다. 내게 이런 용기를 준 것은 산만이 지닌 기개요, 잘나도 뽐내지 않으며 부요하다고 교만하지 않으며, 빈부귀천 남녀노소 누구에게나 아낌없이 주는 사랑의 힘이리라. 숲속에서 흘러나오는 맑은 물에 손을 담그니 얼음물은 비켜 가란다. 사랑과 평화는 멀리에 있지 않나 보다. 상대방의 마음을 헤아리며 함께 기뻐하고, 슬퍼할 수 있는 곳에서 평화는 이루어지며 따듯한 말 한마디에 큰 문제를 해결할 수 있다는 진리를 되새기며 산을 닮은 마음이기를 포개 본다.

황매산(경남 산청)에서

# 사랑에 대한 감사

"오라이."

버스안내양의 출발신호와 함께 문은 굳게 닫히고, 작별의 애잔한 울음소리는 차창 밖 어머니의 손끝에서 뚝뚝 떨어지고 있었다. 차마 떠나보내기에는 어린 자식이지만 보내야 하는 마음, 하루에 두 번 오는 마을버스가 자갈길을 달려오느라 힘들었는지 산모퉁이를 돌아설 때쯤이면 '부~웅' 하며 존재의 기상을 알린다. 토요일 오후가 되면 읍내에서 자취를 하던 친구들이 까만 치마, 흰 블라우스에 하얀 모자를 쓰고 차에서 내렸다. 얼마나 부러웠는지 모른다. 그 간절함이란 내리쏟아지는 폭포수의 기세로 온 마음을 흔들어 놓았다. 끝내 마음을 다잡지 못한 채 나뭇짐을 내려놓고 아무 죄 없는 땅을 아프게 했다. 초등학교를 졸업하던 그쯤에 우리 가정은 아버지의 잦은 사업실패로 한 끼를 해결하지 못해 이집 저 집으로 양식을 빌리러 다녔다. 옥수수죽과 밀을 삶아 먹으며 하루하루를 버텼지만 끝내 그것도 한계에 부딪혀 산에 올라가 소나무 껍질을 벗겨 그 물을 빨아 먹으며 허기진 배를 채웠다. 당신은 배고픈 것 참아가며 자식 살리겠다고 몇십 리 길 걸어가 양식 몇 되 구해오시면 "배고프지. 얼른 밥해 줄게." 하시던 어머니의 모습. 그 밥을 먹은 덕분에 허기져 누웠던 식구들은 힘을 얻어 일어날 수 있었다.

밤이면 찾아와 친구가 되어 주고 시계가 되어 주는 달님, 가만히 생각하니 참 신기했다. 엄마가 보고 싶으면 "달아, 달아 나 엄마 보고 싶은데 도와 줘." 하면 신기하게도 언제 오셨는지 달빛 속에 엄마 모습 환히 비쳤다. 어느 날 달빛이 너무 환해 연탄불 위에 아침밥을 올려놓았다. 다 해 놓고 출근준비를 하려고 보니 밤 12시였다. 괜히 달에게 투정을 부렸다. "아직 아침이 아니라고 왜 말해 주지 않았어." 확실한 시간을 말해 주지 않아도 외로울 때 친구가 되어 준 달님, 가끔은 언제 어디에서나 어둠을 환히 비쳐 주는 천사처럼 느껴지기도 했다. 집을 떠나 온 지 2년이 되던 그해 7월 아버지의 부음을 들었다. 장례식을 마친 얼마 후 6학년 때 담임 선생님께서 오셨다. "지금이라도 늦지 않으니 내년에 중학교에 보내도록 한번 생각해 보시라."며 어머니께 말씀하셨다. 조금이나마 도와주겠다고 하셨다. 어떻게 제자의 간절한 마음을 헤아렸을까 생각하니 아무래도 하늘에서 보내 준 귀인이란 생각이 들었다.

초등학교를 졸업한 지 3년 만에 그렇게도 그리던 교복을 입었으니 천하를 다 얻은 기분이었다. 토요일 오후가 되면 기적 같은 소리를 내며 우리 집 가는 시골버스가 떠올랐다. 마을 사람들 다

　　　　　　　　　　　　　　내 영혼의 조각보

나와 반가이 맞이할 것 같았다. 형편이 어려워 많은 자식들 중학교 하나 보내지 못했던 어머니는 드디어 우리 집에도 중학생 생겼다며 그렇게 좋아하실 수 없었다. 버스에서 내리는 딸을 대견하게 여기며 반겨 줄 어머니를 생각하면 가슴이 두근거렸다. 얼마나 좋아하셨는지 신발이 다 닳아 발에 굳은살이 돋아도 아프다 하지 않으시며 몇십 리 길 걸어 자취방에 땔감나무를 이다 나르셨다. 중학교만 가면 꿈꾸던 소망 다 이루어지리라 믿었다. 배고픈 줄도 모르고 밤새워 읽고 쓰기를 반복하며 고지에 닿는 그날만을 기다렸다. 쓰러지고 머뭇거리며 휘청거리다 다시 일어나 내게 주어진 길, 갈 수 있게 된 것은 나 스스로의 힘이 아니었다. 불면 꺼질까 놓으면 날아갈까 노심초사 애태우며 돌봐주셨던 어머니의 헌신적인 사랑과 징검다리 건너다 물에 빠진 나를 누군지도 모르고 건져 주신 분, 어둠 몰려오며 소낙비 내리던 밤, 갈 곳 없어 떨고 있는 내게 다가와 우산을 씌워 주던 아가씨, 젖은 옷을 말려 주며, 따듯한 방에서 재워 주고 이튿날 시험 장소까지 데려다주며 "시험 잘 치세요." 그 한마디 남기고 훌쩍 가 버린 아가씨, 오직 나 하나 위하여 희생하신 사랑하는 가족들, 돌아보니 아무리 갚아도 다 갚을 수 없는 빚진 자이다.

한 사람이 홀로 서 걸어갈 수 있는 것은 이렇게 아름다운 이웃들이 있기 때문이라는 것이다. 나뿐만 아니라 많은 사람들 또한, 바람 불고 소낙비 내려도 저마다의 자리에서 희망을 꿈꾸며 살아가리라 믿는다. 걸어오는 길목마다 아름다운 색깔로 다가와 멋진 화음을 만들어 내시며 도와주신 모든 분들, 달빛 하나, 이슬 한 방울도 나에게는 모두 천사였다. 저녁노을이 가까이 다가서고 있다. 이생을 마치기 전에 다 갚지 못해도, 일어나지 못해 힘들어 하는 누군가에게 작은 지팡이라도 되며, 앞으로 나아가기를 원하는 이들에게 날 수 있도록 작은 날개 하나 달아 주는 그런 삶을 살아가고 싶다.

# 어느 아저씨의 행복

연일 폭염의 기세가 제철을 만난 듯, 전국 방방곡곡을 누비고 다닌다. 온 밤을 지새워도 지치지 않는 청년처럼 기세가 등등하다. 휴가가 절정에 이르면 골목 슈퍼는 한산하다 못해 적막감마저 든다.

저마다의 개성으로 각자의 짐을 꾸려 길 떠난 사람들, 삶의 고비마다 쌓였던 근심걱정을 다 털어 버리고 홀가분한 마음으로 돌아올 수 있을까, 휴가지에서 신났던 기분으로 다음 여행지를 꿈꾸며 향한다. 현실의 주어진 일들을 밝은 마음으로 엮어 가기를 바라는 것은 떠나지 못한 자들의 염원인지도 모른다. 여행자는 아무 생각 없이 길 위에 몸을 싣는데 괜스레 떠나지 못한 자의 염려가 앞선다. 행여나 하는 감정이 춤을 추며 알 수 없는 미묘한 것들이 겨드랑이에 붙어 심기를 건드린다.

한낮의 열기에 항복하겠노라며 잠시 쉼을 얻으려 눈을 감고 선풍기 앞에 몸을 맡긴다. 가슴 깊숙이 파고 든 심술은 제멋대로 춤을 추려고 한바탕 씨름을 하는데 어디선가 들려오는 "짜라짜라 짠짠~짠 당신이 부르면 언제든지 달려갈게 갈 거야." 마지막 가사에서는 알코올의 힘을 입었을 때 나오는 최상의 음보다도 한 옥타

브 높게 들렸으니 길 가던 개미인들 그냥 지나칠 수 없을 것만 같았다. 맥박이 뛰고 있다는 것을 증명이라도 하듯 그 야릇한 음의 정체가 궁금하여 창가에 섰다. 어느 사이 노래 제목이 바뀌어 다른 집에 가 있었다. 가슴속에 있는 감정의 날개를 달아 주지 못하는 나와는 대조적이었다. 세상에 수많은 사람이 살고 있지만 아무리 부족한 사람이라도 누구에게나 꿈은 있고, 희망은 있으며, 그만의 개성이 있으니 누가 누구를 잘났다 못났다 하지 말 일이다.

오늘 나는 그에게 고개 숙여 존경의 예를 갖춘다. 자신에게 주어진 빗자루 하나가 고마워 행복해하는 사람, 누군가는 하찮게 여길지라도 주어진 일에 감사하며 즐거움으로 임하는 태도가 한낮의 열기만큼이나 뜨겁다. 이마에 흐르는 땀이 줄줄이 서도 그는 중간에 서서 막지도 않는다. 무사히 목적지에 잘 도착하라며 비는 마음 같았으니, 잠시나마 선풍기 앞에 누웠던 순간이 사치인 것 같았다. 하찮은 일도 감사하는 삶, 먼 이상의 천국이 아니라 현실의 삶에서 천국을 가꾸고 있는 참 해맑은 영혼의 소유자라 믿어졌다.


급속도로 성장하는 문명의 흐름에 동행하지 못하는 문화시민의 의식이 제자리걸음을 하고 있다는 것이 안타깝게 느껴지는 순간이었다. 말로만 외치고 행동에 옮기지 못하는 교육의 부재가 상처로 남지 않기를 바란다.

얼마 전 이영숙 박사가 쓴《행복을 만드는 성품》이란 책을 읽었다. 아름다운 성품이란 상대방을 배려하고 이웃과 어깨를 나란히 하며 따뜻한 말 한마디에 있다는 것을 생각하며, '행복'이란 멀리에 있지 않다는 것을 다시 한번 새겨 본다. 우리는 생각해야 한다. 남을 판단하기 전에 나를 한번 돌아보며, 현재에 있는 내 자리를 점검해 보는 기회로 삼아야 할 것이다. 험난한 굴곡의 삶을 살아왔을지라도 잘 어루만져 매끈한 모습으로 다시 일어설 수 있으면 좋겠다는 생각을 한다. 오늘 집 앞에서 만난 아저씨가 내게 준 한 줄기 시원한 생수는 육신에게 주는 것이 아니라 내 영혼을 적셔 주는 생수라 생각한다. 행복을 찾는 사람들, 오늘 나는 그 아저씨의 삶 속에서 배웠다.

# 아버지의 물레방아

"불, 불이 꺼져 간다. 빨리 일어나! 흐르는 물이 막히면 모두가 허사인데 이렇게 잠만 자고 있으면 어찌하란 말인가. 어서 모든 망치 다 찾아 가지고 따라와."

세찬 비바람 몰아치는 한겨울밤, 놀란 가슴 쓸어안고 어머니를 따라 나서야 했다. 심하게 추운 날이면 수로가 막혀 물레방아가 돌아가지 않았다. 이내 어둠을 밝히던 전깃불이 꺼지고 온 세상은 암흑천지로 변했다. 곧 바로 돌아오는 마을사람들의 아우성을 온 가족이 들어야 했기 때문이다. 아버지의 불호령이 무서워 따라 나서면서도 무엇이 그렇게도 급하게 돌아가는지 이해할 수 없었던 아이, 돌아보니 그때가 초등학교 입학하기 전이었다.

얼마나 힘들었는지 하루를 정리하며 가만히 눈을 감아 본다. 60년이 지난 지금 매미소리 요란하게 귓전을 때리고, 밤하늘 별들만이 반짝이던 어둠 속에서 저 별은 나의 마음 알아줄까, 나도 어둠을 환히 비쳐 주는 별이 되고 싶다. 그러면 아빠가 우리 가족 힘들게 하지 않아도 살 수 있을 텐데. 밤마다 하늘 향하여 수없이 얘기했던 날들이 먼 옛날의 전설처럼 되살아나고 그날의 고통은 시간의 레일 위를 달리느라 지쳤는지 희미해져 깜빡거린다.

온 세상은 폐허의 터전으로 얼룩져 있었고 밤이면 한 치 앞도 내다볼 수 없는 깜깜한 세계였다. 심지불과 호롱불로 어둠을 밝히던 시간들, 그 아래서 숙제를 하는 날에는 앞머리가 노랗게 타버려 꼬시랑 머리가 되었다. 이튿날 아침 학교 가면 친구들이 놀린다고 엉엉 울었다. 아버지는 어떻게 해서라도 달래어 학교에 보내려고 불에 타다 남은 머리카락을 가위로 잘라내었다. 이상한 머리가 된 것도 모르고 나는 울음을 그치고 학교에 갔다고 했다.

현실의 불편함을 인식하고 좀 더 나은 것을 추구하려는 생각에서 나오는 아이디어가 발명이라는 것을 깨달으면서 참된 뜻을 헤아릴 수 있었다. 어디에서 나온 생각일까, 사랑하는 자식의 타 버린 머리카락에서 스쳐간 것이리라 믿어지지만 자세한 것은 알 수가 없다.

아버지는 물의 힘을 이용해 물레방아를 만들고 전기를 일으켜 11개 마을에 전기를 공급하려 했다. 그 당시에는 지금처럼 중소기업자금이나 정부의 혜택을 받는다는 것은 불가능한 현실이었다. 아무리 많은 사람들의 불편함을 덜어 주기 위한 계획일지라도 사비로 그 경비를 지원해야 했다. 다행이 할아버지의 재산이 많아 아버지의 발명 작품 1호를 완성하는데 성공했다. 11개 마을 200호에 전기불이 들어와 환한 세상이 되었다. 어디 이런 세상이 있을까 궁금하기만 했다. 높은 언덕에서 떨어지기만 하면 물이 불로 변할 수 있단 말인가. 직렬연결과 병렬연결의 과학적 이치를 알 수 없었던 어린 나에게 수많은 의문을 낳게 했다. 그 하나를 발명하기 위해 연구에 연구를 거듭하며 고민했으리라는 헤아림보다 나에게 돌아오는 문제 하나의 해결 앞에 기뻐하기만 했던 철부지, 산골에서 흐르는 물을 모아 보를 만들고 모아진 그 물은 수로를 통해 전달되어 몇 미터의 높은 언덕에서 떨어진다. 떨어지는 물과 나무로 만들어진 물레방아가 하나 되어 온 산골을 환하게 비추었다. 낮에 모아진 물은 밤에 전기를 일으키는데 사용하고, 밤에 모아진 물은 낮에 방아를 찧는데 사용했다. 가뭄이 심해 물이 모이지 않으면 돌아가던 물레방아는 멈춰 서고, 밤에는 전깃불이 깜빡거리다가 꺼지게 되니 마을 사람들은 불편을 겪게 되었다. 한파가 몰아치는 밤이면 얼었던 수로가 터져 물이 엉뚱한 곳으로 흘러가 이웃 농가에 불편을 주기도 했다.

비록 깜빡거리는 전기불이라도 어둠이 몰려올 때 더듬더듬 촛불을 켜지 않아도 되고, 힘들게 디딜방아를 찧지 않아도 되니 마을 사람들에게는 많은 편리함을 제공해 주었다. 그러나 그 이면에는 가족들의 희생이 뒤따라야 했다. 수로가 막혀 물레방아가 원활하게 돌아가지 않으면 자연의 이치를 헤아리지 못하는 주민들의 아우성은 아버지와 우리 가족에게 고스란히 돌아왔고 그 소리를 들을 때마다 죄인 아닌 죄인이 되었다는 사실, 몇십 년의 세월이 흘렀지만 아직도 귀에 쟁쟁하게 울리는 것은 어린 나이에 받았던 상처 때문인지도 모른다.

전기료를 보리와 벼로 받다 보니 적자는 예상된 것이었다. 느릿느릿 돌아가는 물레방아는 벼 한 가마니, 보리 한 가마니를 찧는

내 영혼의 조각보

데 얼마나 많은 시간이 걸렸는지 모른다. 사람들의 욕구에 충족되지 못하면 불평과 불만, 책임자인 아버지의 가슴은 어떠했을까 싶다. 밤이면 순탄치 못한 발명의 길을 술로 위로했다. 그 피해는 온 가족에게 돌아오고 끝내 한 끼 양식마저 해결하지 못하는 현실이 되고 말았다.

현실에 비교하면 이해할 수도 없으리라. 관광지와 유원지마다 장식용으로 만들어져 돌아가는 물레방아, 엄마, 아빠의 손을 잡고 물 한 방울이 떨어질 때마다 아이들은 무슨 생각을 할까. 과학의 시대라고 하는 현실 앞에서 그 원리에 대해 의문을 던져 본 적 있을까. 주저리주저리 달리는 물레방아 이야기, 돌아보니 삶의 여정 속에서 만나는 수많은 고난을 잘 이겨낼 수 있게 한 '견딤의 법칙' 하나 터득했다는 것에 이제는 감사로 와닿는다.

이웃과 가족으로부터 온갖 원성을 들으며 물레방아를 만들고 2차, 3차, 4차의 온갖 발명에 연구를 거듭하다 실패도 성공도 했던 것은 혼자 잘 살기 위하여 한 것이 아니라는 것을 느끼는 순간, 그렇게도 미웠던 아버지가 존경스러울 수 없었다. 많은 사람들의 불편을 덜어 주기 위해 희생하신 모습, 어린 시절 부끄럽기만 했던 나의 아버지는 참으로 훌륭한 과학자이시며 진정으로 많은 사람을 위하여 희생하며 살다 가셨노라고 자랑스럽기만 하다.

# 망경북동 아가씨께

계절의 도돌이표는 오늘도 어김없이 찾아와 제 임무를 다하기라도 하듯 쌀쌀한 공기와 함께 몰아치는 바람의 기세가 등등합니다. 세월의 무게에 눌린 기억의 세포들도 하나둘 빛이 바래지는데 생각하면 더 또렷이 다가와 선 모습, 아무래도 그때 제 앞에 선 아가씨는 하늘에서 보내 준 귀인임에 틀림없다는 확신이 선답니다. 얼마나 당황했었는지 이름도 성도, 전화번호, 주소도 알지 못하고 그냥 헤어져 어떻게 만날 수 없었으니 말입니다. 지금쯤 어디에서 어떻게 지내시는지요?

삭막한 현실의 일상을 보노라면 어떻게 그런 일이 있을까 아무리 생각해도 꿈만 같답니다.

고등학교 1학년 그해 오월이었지요. 친구의 권유로 특별한 시험 준비도 없이 학교에서 수업하던 그것만 가지고 공무원시험에 도전했답니다. 같이 가자던 친구와 약속 시간이 엇갈리면서 서로 다른 버스를 타게 되었고 친구만 믿고 갔기에 숙식할 장소는 생각도 못했답니다. 가는 내내 불안했지만 4시간을 달려 도착한 곳은 진주 시외버스터미널, 어둠과 함께 장대 같은 비는 쏟아지고 친구와 집에 연락할 길은 없어 어찌해야 할 바를 모르는 순간,

예상치 못한 비로 옷은 다 젖었고, 어디에서 자야 하나 걱정하는데 마주 보이는 곳에 여인숙이란 불빛이 깜빡거렸습니다. 그 시절 여학생이 여관에 잘못 들어갔다간 큰일 난다는 어른들의 이야기가 떠올라 학교와 집밖에 몰랐던 학생이 최후의 순간이라도 그곳에 가리라고는 용기를 낼 수 없었습니다. 행여나 친구가 다음 차를 타고 올까 기다렸지만 끝내 보이지 않았지요. 지금 같았으면 휴대전화로 얼마든지 통화가 가능해 기다릴 수 있었겠지만 비는 내리고 어둠은 더 무섭게 다가왔습니다. 그때 비를 맞고 있는 내게 살며시 다가와 우산을 씌워 주며 누구를 기다리느냐고 물었지요. 자초지종을 이야기했더니 자기도 내일 시험 치러 오는 친구를 기다리고 있으니 친구를 만나지 못하면 함께 가자고 했습니다. 고맙고 반갑기도 했지만 모르는 사람 그냥 따라가면 안 된다는 이야기가 생각나 잠시 망설였답니다. 끝내 친구는 오지 않았고 남해에서 온 친구와 함께 아가씨를 따라 갔답니다. 회사에 다니며 자취를 하고 있는 곳이라며 한참을 올라가는데 비탈진 언덕이었습니다. 후에 그곳이 망경북동이라는 것은 알았지만 연락할 길은 없었답니다.

비에 젖은 옷과 신발을 말려 주고 따뜻한 밥을 해 주시며 이튿날 시험 치는 장소까지 데려다주곤 출근길이라 바쁘다며 "시험 잘 치라."는 응원까지 해 주고 가셨지요. 자상한 언니와 엄마 같았답니다. 그때 아가씨를 따라 가지 않았다면 어떻게 되었을까 생각만 해도 아찔하답니다. 벌써 48년이란 세월이 흘렀습니다. 그 후로 연락할 길은 없고 제 마음에만 담아 두어야 했습니다. 아무리 생각해도 그때 아가씨는 사람이 아닌 하늘이 내게 보내 준 천사였습니다. 이대로 영영 만날 수 없는 것인가 하는 아쉬움에 이렇게 편지를 씁니다. 행여 이 글을 읽고 연락이 된다면 그날의 고마움 전하며 마음 담은 따뜻한 차 한 잔 꼭 대접하고 싶습니다. 지금쯤 어디에서 어떤 모습으로 계실까, 생각만 해도 파란 하늘을 이고 떠다니는 하얀 구름이 생각납니다. 그때 단발머리 소녀도 이젠 할머니가 되어 울긋불긋 단풍 든 낙엽들과 친구 되어 한 걸음 한 걸음 걸어가고 있답니다. 어둠 내리고 장대비 쏟아지는 5월의 시외버스터미널에서 나를 구해 준 아가씨의 가을은 얼마나 고울까 생각하니 환한 햇살이 다가와 속삭입니다. "두려움에 떨고 있는 너를 구해 주러 보낸 천사였노라. 지금도 그때 그 모습으로 많은 사람들에게 사랑을 나누는 아름다운 사람으로 살아간단다. 너의 고마운 마음 내 전해 주마."

하는 것 같으니 조금이라도 위안을 받습니다. 아가씨의 그 따뜻한 사랑 헛되지 않아 저 또한 지금까지 제게 주어진 크고 작은 일들을 만날 때마다 감사하며 열심히 살고 있답니다.

한 치의 땅도 양보하지 않고 이웃을 위한 조금의 배려도 용납하지 않는 삭막한 현실을 보면서 강도 만난 이웃을 보살펴 준 사마리아인 이야기가 생각납니다. 선한 끝은 언제 어디에서나 누구의 마음에라도 한 송이 아름다운 꽃으로 피어나 5월의 화려한 장미처럼 곱기만 한가 봅니다. 아가씨의 그 아름다운 삶 속에서 느낄 수 있었으니까요.

아무리 말로만 외쳐도 행함이 없는 삶은 헛된 것이라는 것을 다시 한번 새겨 봅니다. 곧 봄이 온다는데 아직은 바람이 차갑습니다. 건강 잘 지키시어 한 번만이라도 꼭 만날 수 있기를 바라며 오늘은 이만 여기서 펜을 놓을까 합니다.


2022년 5월 28일
그날을 생각하며 이정옥 드림

# 긍정적인 말의 효과

앞뜰에 작년 유월 활짝 피었던 장미의 모습이 눈에 선한데 오늘 아침 교정의 뒷마당에는 벚꽃들의 축제가 한창이다. 4월의 반티 (학급별 유니폼)를 입은 어린아이들처럼 요리조리 뛰어다니는 것 같은데 늘 그 자리에서 살랑살랑 웃기만 한다. 내 마음은 세수한 듯 상쾌해지고 어느 사이 두 발은 나무 밑으로 향한다. "너희들의 생일을 축하해!" 4월의 첫날에 활짝 피어난 벚꽃의 눈부신 모습은 하얀 드레스를 입은 스무 살 신부의 모습 같다. 비 갠 후 깨끗하게 씻긴 하늘처럼 꽃잎들이 말끔하게 빛나고 있었다.

코로나바이러스로 인하여 방역 일을 맡으면서 초등학생들이 등교하는 시간에 발열체크를 하게 되었다. 기준에 따라 체온 측정이 끝나면 이름을 불러 주며 "잘했어요." 하면 측정기 앞을 통과하게 된다. 매일 아침 하다 보니 200여 명의 이름을 기억하게 되었다. "잘했어요." 앞에 선 한 아이, 아이의 이름을 붙여 준다. 표현은 달라도 좋아하는 모습을 보노라면 그냥 하늘을 다 안은 듯 입을 오므릴 수가 없다. 하루의 양식을 다 먹은 것처럼 배가 부르다. 자신의 이름을 불러주어 고맙다는 표시로 두 팔을 번쩍 들어 올리며 쌩긋 웃는 아이, "감사합니다."라고 수줍어 말은 못해도 눈웃음 주고 가는 아이, 한 바퀴 뱅그르르 돌다 가는 아이, "안녕하세요." 하면 이중창, 삼중창으로 돌아오는 "안녕하세요!" 소리에 교실과 복도가 웃는다. 그중에서 몸도 마음도 여려 보이는 아이가 귓속말처럼 속삭이는 한마디 "나중에 봐요."는 얼마나 가슴을 뭉클하게 했는지 그 아이의 손을 잡고 활짝 핀 벚꽃나무 아래서 뱅그르르 맴을 돌고 싶다.

모임에서 지인 한 분은 이름 뒤에 붙는 존칭어보다 내 이름 석 자를 다정하게 불러 주었다. 어느 날부터 어머니와 아내, 며느리로 살아오느라 잊고 있었던 이름, 새롭게 들렸다. 그분의 다정한 목소리에 잠자던 세포들이 깨어나 4월의 환한 벚꽃처럼 웃고, 알알이 떨어지는 연잎의 얼굴 위로 내 마음 또르르 흐르는 듯했으니 존재의 형상이란 참으로 위대한 것이리라. 어릴 때부터 함께했던 아이들이 오랜 세월이 흐르고 성년이 되어서 찾아왔을 때 그의 이름을 불러주면 "아직도 내 이름 기억하고 있으세요." 하면서 좋아하는 모습들이 눈에 선하다. 길을 가다가도 우리는 자기 이름을 부르면 뒤돌아본다.

하루 이틀 지나면서 아이들 한 명, 한 명 불러 주는 이름 위에는 많은 의미를 가지고 있을 것 같았다. 좀 더 자고 싶고, 괜히 학교에 오고 싶지 않은 날, 여러 가지로 기분이 좋지 않은 시간이지만 "잘했어요."란 칭찬 한마디에 용기를 내고 신이 나 하루를 즐겁게 시작할 수 있다면 이보다 더 좋은 말은 없으리란 생각을 해 본다. 처음 발열기 앞에서 아이들을 만날 때 무슨 말로 첫인사를 할까 했는데 처음에는 어색했지만 자꾸 하니 덩달아 나도 신이 났다. '칭찬은 고래도 춤을 추게 한다.'는 이야기가 딱 들어맞는 것 같다. "잘했어요." 한마디 할 때마다 어깨가 으쓱해지고 신이 나는 아이들을 볼 때, 그 모습은 훗날 글로벌리더의 꿈을 키우는 미래의 인재가 될 것이며, 나눔과 배려의 역군이 되어 사회의 이곳저곳마다 환한 빛을 비추는 등불이 되리라 생각하니 가슴이 마냥 뿌듯해졌다.

태초에 하나님은 천지를 창조하실 때 동물과 식물, 사람을 만들어 놓고 "보기에 심히 좋았더라."라는 긍정의 말을 했다. 어느 목사님은 '멋진 말 속에 멋진 인생이 있다.'고 했으니 하루에도 무수히 하는 말의 중요성을 생각하지 않을 수 없다. 한마디의 귀한 칭찬은 아이들에게 뿐 아니라 어른들에게도 예외는 아니다. 특별히 이름을 불러 주며 칭찬해 준다면 듣는 사람은 자신의 존재에 자신감을 가질 수 있을 것이다.

4부
-----

# 가만히 귀 기울이면

# 봄 편지 같은 미숙 씨에게

파란 하늘 열리는 이른 새벽, 동녘의 별들도 하나둘 쉼터로 향하고 이슬도 소리 없이 떠나는 아침, 맥박소리 들을 수 있다는 것에 감사를 담아 오랜만에 소식 전해 봅니다.

미숙 씨, 그동안 잘 지내셨죠?

봄이 온다는 연락은 받았는데 아직 장독대 곁에는 살얼음이 지키고 있어요. 하지만 언젠가는 그들도 떠나고 따스한 햇살이 살며시 다가와 꼭 안아 줄 것이라 믿어지니 그냥 용기가 생긴답니다. 언제나 모든 일에 배려해 주시는 미숙 씨의 그 사랑 힘입어 나 또한 산촌의 밤과 맘껏 놀며 귀한 시간 보내고 있습니다.

이름만 불러도 가슴속을 따뜻하게 데워 주는 사람, 얼마나 자상한지 그 먼 곳까지 다기(茶器)를 챙겨와 회원들에게 손수 차를 끓여 나눠 주던 모습, 마치 한 떨기 백합같이 눈부시고, 대지를 감싸 주는 푸근한 봄 햇살 같았어요. 귀찮고 궂은 일 마다 않고 타인을 배려해 주는 넉넉함이 봄의 마음처럼 여겨졌어요. 그 모습이 너무 감동적이어서 미숙 씨는 '내 마음의 봄 편지 같다'는 생각이 들었답니다.

세상에 수많은 모임이 있지만 '가족'이라는 모임은 얼마나 될까요. 우리들의 편지 가족 속에는 그 어떤 작품 속에서도 엮어 낼 수 없는 편안하고 진솔한 삶의 이야기들이 고스란히 담겨 있기에 더 정겹게 느껴지나 봐요. 자주 만나지는 못해도 순간순간 떠올려지는 이름과 모습들이 다시 보고 싶게 하나봅니다. 멀리에 있어도 서로를 그리워하는 가족들의 따스한 사랑처럼 '편지' 하면 생각나는 고운 마음, 예쁜 마음 담겨 있는 동시가 생각나지요. 바로 미숙 씨의 마음이 이와 같다는 생각을 하게 했답니다. 미숙 씨가 작사한 〈꽃물편지, 풀꽃편지〉의 노래를 불러 보며 미숙 씨의 고운 마음이 고스란히 담겨 있는 것을 발견한답니다.

어제는 일상의 작은 공간을 벗어나 산으로 들로 마구 뛰어다녔지요. 살며시 내려앉은 고운 햇살 덕분에 세상 이곳저곳의 색다른 풍경을 구경할 수 있었답니다. 자연의 섭리가 얼마나 묘한지 메마른 가지에서 싹이 트고 꽃을 피운다는 것, 물이 흘러간다는 것, 밤하늘의 달과 별들이 우주의 법칙을 연출해 내는 일들, 선과 악이 공존하는 인간의 마음, 누군가에게 이야기를 나누고 싶을 때, 멀리 있어 소곤소곤 주고받을 수 없어도 글로써 전할 수 있는 편지 한 장은 참 다정한 친구라는 생각이 들지요. 꽃물로 편지를 쓰며, 풀꽃으로 그림을 그려 어디에든 보낼 수 있으니까 온 세상이 환해지는 것 같아요. 아무리 생각해도 참 고운 노래로 새겨집니다. 부족한 나를 항상 예쁜 눈길로 봐주셔서 감사했어요. 함박웃음을 웃고 있는 벚꽃들의 잔치가 열리는 4월입니다. 생동하는 자연으로 봄나들이 나갈 미숙 씨 모습을 떠올려 보니 내 마음도 행복하네요. 늘 봄꽃들처럼 화사한 미소를 지닌 청순하고 고운 미숙 씨로 꽃피워 가는 나날이 되기를 바라며 오늘은 이만 여기서 펜을 놓으려 합니다.

2018년 5월 25일

산청에서 정옥 보냄

내 영혼의 조각보

# 레일 위의 하루

살았다는 것이다. 지인의 청첩장에 적힌 날짜가 오늘이다. 새 출발의 소식은 신이 난다. 꿈이 있고, 희망이 있고, 설렘이 있는 청춘의 일기이기 때문이다. 일상을 접고 대문을 나선다. 작업복을 벗고 새 옷을 갈아입는다. 슬리퍼 대신 긴 부츠를 신으면 언제 나이를 먹었는지 문제가 되지 않으며 꽃다운 열아홉 소녀가 된다.

검정이나 회색을 즐겨 입던 옷의 색이 화려한 쪽으로 간다. 짝 달라붙는 검정 바지에 검정 꽃무늬티셔츠 진분홍 외투를 입었으니 생각만 해도 가슴이 뛴다. 버스정류장으로 향하는 어깨 위에는 누가 살며시 다가와 "야, 멋진데요." 할 것 같으니 두 볼에 진달래 꽃물이 번지는 것 같다.

마음이 가벼운 또 하나의 이유가 있다. 빌리러 가는 것이 아니라 주러 가는 것이며, 새 출발을 하는 청춘들을 응원하러 가기 때문이다. 여의치 못하여 가야 할 곳에 가지 못한다면 금액의 한도를 떠나 얼마나 비참한 것이며 초라한 형상인가 말이다. 누군가 빌리러 왔을 때 선뜻 내어 주지 못하는 것도 마음이 무겁지만 손 내밀어 도움을 요청한다는 것은 괴로운 일이다.

정류장에 도착해 차표를 사고 행여 기다리던 차가 떠날까 봐 후

다닥 버스에 올라탄다. 언제 보았는지 지인이 달려와 "어디 가서
요." 한다. 목적지에 도착해 일정을 마친 후 다음 행선지를 그리
며 차창 밖을 내다본다. 대지는 아직 겨울잠에서 깨어날 기미를
보이지 않는다. 바싹 마른 나무들과 바람만이 삶의 고단함을 느
끼게 한다.

하나의 가정을 세우기 위해 얼마나 많은 사람들이 모였을까. 유
명인사의 잔치라 그러한지 예식장 주변에는 사람과 차들로 발 디
딜 틈이 없다. 이렇게 많은 사람들의 축복 속에 맺어진 인연, 서
로 이해하며 행복하게 살아가길 간절히 바라는 것은 내 아이들은
아니지만 부모의 위치에 있는 어른으로서 축복을 빌어 주는 것이
리라.

일상에 쫓기기만 했던 시간, 조금 여유롭게 나왔으니 시장구경
도 하고 자꾸만 누룽지를 만들어 내는 밥솥도 바꾸어 볼까, 길거
리에서 파는 국화빵도 사 먹으며 그 옛날 학창시절의 추억을 떠
올려 보고 싶다. 삶이란 생각하기에 달렸나 보다. 한 발자국 옮길
때마다 마주치는 모든 것들이 신기하다. 내일 지불해야 할 신문
대금이 모자란다 해도 좋아하는 바나나우유 한 병 마시리라.

코로나19바이러스로 인해 고객들이 줄어든 현실, 상인들의 삶
이 팍팍하지만 차려진 물건들이기에 제 자리를 지키고 있어야 한
다. 생선 가게 앞에 섰다. 좌판 위에 있는 것이라 일어나리라고 상
상도 못했는데 갑자기 대형 생선 한 마리가 공중곡예를 한다. 지

나던 사람들의 발걸음이 멈춘다. 마지막 숨을 쉬면서 발버둥치는 생명의 끈인지도 모른다.

잠시 멈췄던 발걸음을 옮기는데 사람들이 웅성거리며 모여든다. 한 남자가 119에 신고를 한다. "여기 중앙시장 공영주차장 앞인데 한 여자가 쓰러져 일어나지를 못해요. 빨리 오세요." 옆으로 누웠는데 쇼핑백에는 무언가 가득 들어 있었다. 한 스무 살 쯤 되어 보인다고 하는데 몇 번이나 일어나려 시도를 했지만 끝내 쓰러져 일어나지를 못한다고 한다. 많은 사람들이 모여들어도 누구하나 어떻게 할 수가 없다. 잘못 건드렸다가는 큰일 날 수도 있으니 말이다. 몇 분 안에 구급차가 도착해 들것에 실려 갔다. 누구나 한 번은 가야 하는 길이지만 아직은 새파랗게 젊은 청춘이다. 사이렌 소리를 울리며 떠나는 구급차를 바라보며 한동안 그 자리에 멍하니 서 있었다.

하루를 살아 내기 위하여 우리는 얼마나 아웅다웅하며 몸부림치는가. 좀 덜 가져도 괜찮은데. 빛이 나지 않아도 하루는 지나가는데, 하나를 더 가지기 위해 얼마나 많은 사람들을 아프게 하는가, 언젠가 그 자리를 내어 주어야 하는데 구급차에 실려 가는 그 아가씨의 가슴에는 무슨 아픔이 있었기에 대로에 쓰러져 제 힘으로 일어날 수 없었을까. 산다는 것은 레일 위를 달리는 것과 같다.

# 옷깃 사이로

　수많은 생각들이 흩날리다 잠시 둥지를 털다 떠나간 자리, 옷깃 사이로 스며드는 바람이 스산하다 못해 가슴까지 파고들어 심장을 흔들어 놓을 때가 있다. 하루를 살아 내기 위하여 고난과 시련의 능선을 넘고 뛰며 달려왔던 시간들이 정상의 자리에서 안정을 되찾는가 싶으면 시샘이라도 하듯 자리를 내어 달라고 한다. 홍수로 뒤범벅이 된 사무실로 라면을 끓여 나르던 새벽, 그 성난 황토물이 무서워 칠흑같이 어둔 밤 아이들을 데리고 산으로 피신하던 때, 돌아보니 모두가 생의 징검다리 건널 때마다 이야기 하나씩 남겨 두고 가는 것 같다. 고지에 도착해 차 한 잔의 여유도 가지지 못했는데 잠시의 행복은 또 다른 집의 영혼을 방문해야 한다며 손을 내민다. 자연의 섭리가 가져다준 규율의 냉정함이 속내를 드러내니 무슨 힘으로 그의 곁에 앉아 여유를 부릴 수 있을까. 왕복 100리의 길이 내게 주어진 길이라면 이제 정상에 서 있지 않느냐고, 돌아갈 준비를 하란다. 지나온 시간들이 주마등처럼 스쳐지나가니 서녘에 기우는 해의 모습이 궁금해진다. 내게서 멀어져 간 넌 오늘은 누구의 집을 방문할 것이냐고, 산 너머 누구에게 갈 것이며 나와 함께 갈 수는 없는지 묻고 싶다. 아무리 붙들러 애를 써도 천지 만물 중에 영원은 존재하지 않으니 서러워하지도 말고 그저 주어진 길을 묵묵히 가란다.

　어느 날 내게 다가온 한 권의 책, 유영만의 《내려가는 연습》은 현재의 심경을 대변해 주는 것 같아 나를 사로잡았다. 제목에서부터 그 내용 한 구절 한 단어 속에서까지 심장 깊은 속내를 위로해 주려는 듯했다. 현실에 급급한 나머지 미래를 바라보지 못하고 허겁지겁 달리는 나를 여유의 광장으로 초대했으니 감사해야겠다. '남의 위기는 나의 위기다.'(p. 20) 지구 곳곳에서 일어나는 재앙들이 마치 영화의 한 장면처럼 스쳐 지나갈 때가 있다. 오늘 내 앞에는 그런 일이 일어나지 않으리라고 생각도 못하기 때문이다. 삶의 영위 가운데 누구에게나 찾아올 수 있는 것이 행복보다는 어려운 일들이 많으니 가슴을 쓸어내리지 않을 수 없다. '눈에 보이는 것이 전부는 아니다.'(p. 32)

　수많은 책들 중에 내게로 온 이 한 권의 책은 어린 나의 마음을 위로해 주는 것 같았다. '울타리를 믿지 마라.'(p. 48) 우주만물 가운데 존재하는 우리는 그의 형상을 따라 사랑의 연결고리를 만들고 그것으로 인한 믿음을 쌓아 간다. 그대와 나는 영원히 변치 않으리라 다짐을 하지만 변하는 것이 사람이며 자연의 원리니 이것 또한 준비해야 할 일이 아닌가.

　인간은 만물의 영장이며 사회적 동물이라 혼자만은 살아갈 수 없다는 진리를 외면하고 싶을 때가 있다. 아무 도움도 받지 않고 혼자서 미지의 세계를 여행하고 싶을 때가 있다. 푸른 물결 넘실대는 망망대해를 가르며 신나게 달려 보기도 하고, 다 못한 이야기 목청을 다하여 외쳐 보리라고, 비록 고난이 동행할지라도 일의 성취 후에 맛볼 수 있는 쾌재를 생각하면 두 팔 벌려 나아가리라.

행복은 빚(부채)이라는 의미를 되새기며 이제 나의 길을 가리라. 받기만 했던 사랑도 나누며, 욕심으로 혹사시켰던 내 작은 육신의 마디마디 어루만지며 고생했노라고 가끔은 맑은 가을 햇살과 나들이도 하리라. 내려가는 길이 아직은 서툴지라도 빚을 갚는 마음으로 이웃을 돌아볼 수 있기를 간절히 바라며 조심조심 한 걸음 한 걸음 옮기리라.

# 가끔은

영국의 위대한 극작가 셰익스피어(1564~1616)의 작품 중 희곡 《맥베스》의 독백'을 음미해 본다. "내일이 오고 오늘이 가고 그리하여 하루하루가 작은 발걸음으로 시간의 계단을 미끄러져 내려간다. 이 세상의 종말에 도달할 때까지, 어제라는 날은 항상 어리석은 자들이 티끌에 묻혀 죽어 가는 길을 비춰 준다. 꺼져라. 꺼져라. 잠시 동안의 밝음! 사람의 생애는 흔들리는 그림자에 불과하다."(《맥베스》5막 5장 중)

몇 해 전 창문 앞 콘크리트 사이로 민들레가 활짝 폈다. 아주 작은 틈사이로 뿌리를 내리고 싹을 틔워 자라더니 노란 꽃 5송이를 피웠다. 너무 신기해 '민들레 5남매'라고 이름을 지어 주었다. 척박한 환경에서 태어났지만 불평 한마디 없이 그저 주어진 길을 간 민들레, 홀씨가 되어 나도 어디론가 훨훨 날아가 아주 어린 아이들에게 웃음을 주고 싶다는 생각이 났다. '아이들이 웃어야 세상도 웃을 수 있다는 것'을 새기며 그 어디라도 사뿐히 내려서 싹을 틔우고 싶다. 그리하여 미움도 사랑도 하나로 모아지는 화해의 씨앗을 뿌리는 사랑의 전령사가 되고 싶다. 셰익스피어의 작품 중 희극이든 비극이든 극을 통하여 화해의 씨앗을 독자들에게 뿌렸다고 한다. "뿌려진 화해의 잠재성은 봄을 기다리는 씨앗처럼 심중에 머물러 있다 꽃을 피운다. 인간의 화해가 먼저 이루어진 후 하나님과의 화해가 가능하다"는 것을 성경 마태복음 6장 14절과 15절의 말씀에서 느낄 수 있다.

뛰어난 관찰자로서 그의 작품 《햄릿》1막 2장, 3막 1장 중'에서 "아 너무나 욕된 이 몸이 녹고 녹아 이슬이 되어 버렸으면 차라리 영존하신 분께서 자살을 금한 계명을 정해 놓지 않으셨더라면, 사느냐 죽느냐 이것이 문제다. 어느 쪽이 더 고상한 정신일까? 죽는다는 것은 잠드는 것, 아마 잠들면 꿈을 꾸겠지, 아 거기에 장애물이 있다. 이승의 족쇄를 벗어나 죽음이라는 잠이 들었을 때, 그때 어떤 꿈이 찾아올지, 이게 우리를 멈추게 한다. 단검 하나면 스스로 청산할 수 있는데도" 하는 독백에서 우리는 평범한 사람들이 고뇌하지 못하는 깊은 인간 본성을 잘 표현하고 있다. 삶과 죽음의 경계선을 두고 치열하게 경쟁하는 사람들, 돌아보면 후회의 일들만 남는 것, 아흔 노모의 밥상을 차리다 아른거리는 엄마의 모습, 관습의 테두리 안에 갇혀 헤어 나오지 못한 미련함 때문이라는 것을 회초리로 나를 때린다.

살아가면서 우리는 왜 천국과 지옥을 살고 있을까, 똑같은 시간에 사람들은 각각 어떤 모습으로 살까, 하늘에서 내려다보면 세상은 참 고요하고 평안하다. 가까이 다가서 저마다의 가정으로 들어가 보면 천국은 얼마나 될까, 마치 내일을 위한다고 하지만 그

　　　　　　　　　　　　　内 영혼의 조각보

최악의 악마가 지배하고 있어 상처의 공장만 만들고 있는 가정은 왜일까. 하나의 인격을 존중하지 않고 지배의 본능 앞에 무릎을 꿇기 때문이리라. 권위의 탈을 벗지 못한 상태의 가정에서 자라나는 아이들 또한 자라서 똑같은 모습으로 나타난다. 가끔은 귀를 열고 들어 보자. 아주 작은 충고에도 예민한 신경세포를 가지고 있는 신체의 구조상 무심코 던진 한 사람의 말 한마디에 누군가 아파하고 있다는 것, 아주 작은 소리로 "어디 아프니" "괜찮아" 이렇게 서로 여린 가슴 다독여 주는 따뜻하게 여유 있는 시간이었으면 좋겠다. 비바람 몰아쳐도 푸른 숲과 나무들은 말이 없고, 흘러가는 물은 장애를 만나도 돌아서 가며, 사람들에게 유익을 주며 제 길을 간다. 수많은 사람들에게 향기를 나눠 주는 꽃들의 자태를 생각한다. 비록 한 해의 짧은 생을 살다 가지만 더 가지려 하지 않고 주어진 몫만 하여도 많은 사람들의 가슴을 따뜻하게 하지 않는가. 우리는 무엇을 더 가지기 위해 아파하는 것일까.

100세를 살 수 있다고 문명의 위대함을 자랑하지만 욕심과 탐욕이 빚어낸 자리마다 얼마나 많은 상처를 남기는 인간인가, 그 내면에 도사리고 있는 죄의 속성이 어떠한 것인지 잘 다스리지 않으면 죄의 노예가 되어 휘청거린다. 훗날 그의 도움을 받을 줄 알았더라면 그렇게 아프게 하지는 말았을 텐데, 늘 후회만 발바닥에 새기며 사는 것이 삶이라는 것을 말이다. 왜 예수님은 형제의 잘못에 대하여 "일곱 번씩 일흔 번이라도 용서해 주라."고 했을까. 이론과 상식으로는 이해할 수 있고 용서해 주어야 한다고 하지만 깊게 새겨진 상처의 흉터는 재채기를 할 때마다 불쑥불쑥 나타나 미움으로 휘저으니 감당하기가 싶지 않다. 긍휼이란 단어가 생각난다. "긍휼은 고요히 내리는 비처럼 베푸는 사람과 받는 사람을 다 함께 축복한다."고 한다. 용서 또한 진정으로 용서하고 받아들인다면 어느 한쪽이 아니라 다 함께 누릴 수 있는 마음의 평안이리라 믿어진다.

내 생각이 옳다고 강하게 주장하고 깃발을 세우지만 옳지 않을 때가 있다. 상대방의 이야기는 듣지 않고 자기 생각만 이야기하고 행하는 성급한 행동은 얼마나 위험한 일인지 돌아본다. 배려의 마음이 있는 곳에 작은 새싹이 틔워지고 아름다운 꽃이 피어나 토실토실한 열매를 맺을 수 있으리라 믿는다.

# 살아 있다는 것

울타리를 떠난다는 것, 설렘과 두려움이 짝을 지어 어깨 위에 앉았다. 가슴속까지 가만히 들여다본다. "두려워하지 말라 내가 너와 함께 함이라 놀라지 말라 나는 네 하나님이 됨이라 내가 너를 굳세게 하리라 참으로 너를 도와주리라 참으로 나의 의로운 오른손으로 너를 붙들리라 어디로 가든지 내가 너와 함께 함이라."(이사야 41장 10절) 약해지는 마음을 다독이며 산행의 반열에 섰다. 짧은 일정이지만 여행 준비는 서툴기만 하다. 김밥 두 줄이면 한 끼 식사로 거뜬히 해결할 수 있는데 열 개의 김밥재료를 준비했다. 남아 있는 이의 양식을 생각하며 행여 일행 중 가져오지 못하는 이가 있다면 나누리라. 간식 몇 개는 챙겨야 할까, 따끈한 커피, 아니면 고소한 옥수수차를 끓일까, '출발시간 엄수하라.'는 대장님의 전화벨소리가 귓전을 맴돈다.

"뒤돌아보지 말 일이며, 내일 후회하지 말고 오늘의 일에 최선을 다하자." 큰 소리로 외치며 다짐을 한다. 현실에 초점을 맞추면 한 발자국도 나아갈 수 없다며 눈 감고 귀 막아야 하는 것은 누구에게나 있는 것일까.

"나 다녀오리다." 대문을 나서니 바람과 햇살이 어깨동무하며 반긴다. 발걸음이 가벼워진다. 어느새 30년 전의 청춘이 돌아와 웃고 있으니 삶이란 고단함은 언제 있었느냐는 듯, 절대음감이 제 길을 곧게 걷지 못해도 가슴을 통과한 입술의 표정은 따스한 봄날, 마당에서 평화롭게 놀고 있는 노랑 병아리의 그 자태인 듯하다.

처음으로 산행에 함께 하는 나를 맞이해 주는 일행, 남녀노소가 따로 없으며, 오늘 살아 있어 함께 할 수 있다는 그것 하나로 일상의 얽힌 모든 것들 바람이 데리고 아주 멀리 떠났을까, 하늘에서 내려다본 구름이 잠시 덮었을까, 서로를 보듬어 주는 모습이 마치 마술을 부린 듯 모두 행복해 보이기만 하다.

만나는 사람들과의 이야기는 처음 만나는데도 늘 함께 살 부비며 사는 이웃들처럼 다정하다. 내 것이라 가져간 김밥 한 줄, 생수 한 잔 나누는 모습이 아름답다. 언제 만나리라는 기약 없는 사람들에게서 그런 푸근함을 느끼는 것은 무엇 때문일까.

산을 오른다. 어디서 누가 얼마의 값을 주고 사오라며 가져올 수 있을까. 어느 고관대작이 억만금을 주면 가져올 수 있을까. 우거진 숲과 곳곳에서 맞이해 주는 동백나무의 묘한 재주 앞에서 내 곁에 오래도록 두고 싶은 욕망이 꿈틀거린다. 연륜의 내공이 빚어내는 동백꽃의 신비한 묘미를 한 컷, 두 컷 기억의 저장 공간에 담아 모았다.

한참을 오르다 나를 끌어당겼던 '죽은 나무 이야기'의 표지판 앞에 섰다. 죽어서도 많은 생명을 키워 내는 나무, 또 하나의 다른 삶, "죽은 나무들은 균류 및 여러 미생물의 주요 공급원입니다. 다양한 생물들의 먹이 자원이자 은신처, 산란지 등의 역할을 합니다."라는 내용을 읽으며 많은 것을 생각나게 했다.

말이 없으되 말을 할 줄 아는 진정 아름다운 삶을 사는 나무가 아닌가, 상처가 나고 바싹 마른 고사목이 되어도 그냥 그 자리에 있어야 하는 이유를 말하듯 수많은 생명을 잉태케 한다. 가만히 들여다보니 다람쥐 두 마리 마주 보며 앉아서 소곤대고, 나비 한 마리 날아와 사뿐히 앉았다 쉬어 가고, 그 아래에는 노루 한 쌍 편안한 휴식을 취하는가 하면, 잔잔한 버섯들이 군락을 이루며 오순도순 살아가고 있다. 죽은 나무에 대한 편견이 깨어지는 순간 삶과 죽음의 신비를 새삼 깨닫게 되고, 오늘 산행의 값진 선물은 바로 너였다고 귀 기울이는 내게 "넌 아직 맥박이 뛰고 있지 않니."라며 속삭이는 듯했다.

수없이 오가는 긍정과 부정의 힘겨루기 중 부정이 이기는 순간 한없이 추락하던 희비의 한 단막극, 아무 것도 할 수 없다는 절망감 앞에서 한 치의 희망도 보이지 않아 주저앉고 싶은 순간들, 오기의 힘으로 부정이 승리하며 교만의 무리가 그 기세를 덮치고 이유 없이 죄인 되어 울 수조차 없을 때 법정으로 달려가지 말고 새들이 노래하고 자연의 무수한 이야기들 있는 산으로 가면 변호사 선임하지 않아도 되리라.

동박새 울고 까치소리 깍깍 머리 위를 맴돈다. 온 섬을 울리도록 쏟아 내는 저 소리는 내게 무슨 이야기를 하려는 것일까. 통역으로도 그의 진심을 헤아리지는 못하지만 그래도 "넌 지금 숨 쉬고 있단다." 정답인지 알 수 없지만 크게 한 번 소리를 내 보았다.

특별한 산행, 최소한의 경비로 최대의 선물을 자연 속에서 받을 수 있다는 것, 그 속에서 함께 나누는 즐거움, 내면의 세계를 한 뼘 넓히는 기회, 타인을 향한 배려의 마음이 수채화의 지면 위로 화려하게 펼쳐지는 광경을 연출케 했다.

목적지를 향해 가는데 내비게이션의 심사가 편치 않았는가 보다. 엉뚱한 길로 갔다. 새로운 세상을 보여 주어 고맙다며 보듬어 주니 한 바탕 웃음을 자아내게 하였다. 이것 또한 맥박 뛰게 한 은혜가 아니던가.

큰 둥치를 자랑하며 하늘 높이 뻗어나가는 아름드리 각종 나무 사이에 죽은 채로 서 있는 나무, 죽은 자는 다 땅 아래로 쓰러지는데 죽어서도 꼿꼿이 서 있는 그 나무, 하루의 여정을 마치고 휴식의 잠자리에 들었는데도 의식의 한 편에 물음표를 단다.

"살아서 못다 한 말이 있을까."

# 지리산의 가슴

수많은 생명들이 새싹을 틔웠다 한 생애를 살다 간 자리, 하나의 풀잎으로 살면서 토닥거렸던 삶의 이야기를 펼치고 싶은 날들이 있으리라.

잔설이 남아 있어 어린 새싹들이 숨을 쉬기에는 많이 차가울 텐데 하늘의 명령에 복종해야 했는지 아니면 순종하는 자세로 임했는지 그 깊은 속을 헤아리기는 어렵다. 대지의 문을 여는 산파의 고된 작업이 시작되고 육신을 하늘에 매다는 산모의 땀방울 소리가 천지를 울린다. 생명이 꼿꼿이 서는 소리가 여기서 톡, 저기서 톡톡 터지고 째깍거리는 시계의 울림은 이내 강을 건너며 여기저기로 소식을 전한다. 우표가 필요 없는 편지다. 항공료도 필요 없다.

반백의 세월을 이고 오면서도 꼭꼭 닫아두기만 했던 나의 가슴까지 찾아와 속삭이니 참으로 자상하다. 사뿐히 내려앉아 속삭이는 사랑의 속삭임에 나도 사랑하고 싶다는 고백을 하게 한다. 좋으면 사랑하고, 싫으면 떠나가는 그런 사랑 아니다. 아플 때나 슬플 때 밀어내지 않고 다 받아 주며 다독여 주는 그런 사람 없어도 슬프지 않는 것은 지리산이 있기 때문이리라. 용서해야 하는 줄 알면서도 용서할 수 없어서 끙끙거리며 자꾸만 가슴 한쪽이 허허로울 때가 있다. 그때마다 그 품에 안겨 보고 싶은 것은 어머니의 가슴처럼 안도의 숨을 쉴 수 있는 곳이기 때문이리라.

피난처다. 불의와 혼란이 낳은 교만과 아집의 희생양이 되어 죄 없이 죽어 간 영혼들의 아픔을 다 받아 주는 곳, 삶에 지쳤다 돌아와도 새 옷을 입혀 주는 곳, 눈 감고 귀 막으며 다 버리고 새 힘을 얻기 위해 찾아가고 싶어 하는 휴식의 공간, 하늘과 소곤소곤 얘기하고 싶어 엎드릴 수 있는 곳, 고통의 눈물 흘리며 찾아갔을 때 두 손으로 닦아 주시며 보듬어 주시던 위로의 포근함이 깃들던 곳, 울창한 숲과 맑은 공기, 그 사이로 깨끗한 물에 발 담그면 막혔던 숨통이 뻥 뚫리게 해 주는 곳이기에 무거운 짐 내려놓으려는 사람들 줄지어 왔다 갈 수 있었으리라.

수많은 사람들이 왔다가 떠난, 늦은 여름 용기를 냈다. 삶이란 여백의 꼬리조차도 내어 놓지 못해 머뭇거렸다. 반백의 숨소리가 더듬거리건만 마음 놓고 그의 곁에 앉아 속삭이지 못했고, 귀 기울여 들을 수 있는 시간 가지지 못했음에 단 하루만이라도 다 버려 보자는 결심을 했다. 믿음의 상실이 준 고통의 무게가 힘겨울 때면 창문을 깨트리는 용기도 필요한 것인 줄 모른다. 때로는 "고통도 새로운 길로 나아갈 수 있는 용기를 허락하는 통로."가 될 수 있다는 것을 외치면서 푸른 숲이 내려다보이는 계곡에 발을 담갔다. 맑은 햇살과 바람이 친구 하자며 곁에 서고 유유히 흐르는 계곡물은 음표를 달아 준다. 오랫동안 내 안에 갇혀 대자연의 소리에 귀 막고 눈멀게 살아온 것이 아닌가.

차창가로 스치는 자연의 그 묘한 섭리 앞에 무릎이라도 꿇고 싶을 만큼 아름다움 자태는 입을 다물 수 없게 했다. 어디 그뿐인가 가을이 가져다주는 형형색색의 감동은 영원히 그 품속에 안기고 싶도록 할 뿐 아니라 마음속의 열정이 식어갈 때마다 꺼내어 재충전해 쓰고 싶었다.

거울이다. 하루에도 수없이 거울 앞에 서며 행여 얄미운 티라도 하나 남을까 세수를 하고, 화장을 하는 사람들, 마음의 세수는 지리산의 거울로 말끔히 씻어내어야 할 것 같았다.

지리산의 가슴은 담장을 만들지 않는다. 길목에서 처음 만나 마주하는 얼굴인데도 따듯함이 흐르는 대화가 이어진다. 마치 다정한 오누이처럼 그렇게 살아가기를 바라는 것인지도 모른다.

# 키 작은 도토리나무

산기슭 조그만 바위틈 사이에 도토리나무 한 그루가 서 있었어요.

아무리 둘러보아도 차가운 돌들뿐 소곤소곤 이야기할 친구가 아무도 없었어요.

"아이 심심해."

"내 친구들은 다 어디로 갔을까?"

그러던 어느 날 밤, 하늘에서 반짝반짝 별들이 빛나고 있었어요.

"우아 신기하다. 저 별들이 나의 친구가 되어 줄 순 없을까."

그때 별 하나가 톡 떨어지더니 옆에 와 속삭였어요.

"도토리나무야 많이 심심했지. 오늘 밤 내가 너의 친구가 되어 줄게."

둘은 알콩달콩 이야기를 주고받으며 신이 났어요.

하지만 새벽이 되어 별은 돌아가야 했어요.

"안녕."

아침이 되자 따스한 햇살이 찾아와 도토리나무에게 속삭였어요.

"오늘은 내가 너의 곁에서 친구가 되어 줄게."

외롭지 않았어요. 하지만 어둠이 오자 떠나야 했어요.

"나도 누군가에게 가고 싶다."

"그런데 누가 나를 데려가지 않으면 한 발자국도 움직일 수 없잖아."

도토리나무는 그만 슬퍼지기 시작했어요.

"난 아무 쓸모없는 나무인가 봐."

그때 깜깜한 어둠이 내려와 속삭였어요.

"예, 도토리나무야. 너무 슬퍼하지 마."

"난 항상 어둠만 보여 주는데 넌 거센 폭풍우도 이겨 내고 가을이면 탐스러운 열매를 맺어 많은 사람들에게 즐거움을 주지 않니."

가만히 듣고 있던 도토리나무는 환한 미소를 지었대요.

# 징검다리

"가지 마. 나도 갈래."

열 살 이상 많은 오빠가 군대 가는 날이다. 마을 사람들도 울고 엄마도 울었다. 1960년대 이른 아침 마을 정자나무 아래에는 어머니가 차려놓은 상에 이장님과 마을 사람들이 나와 군복무를 잘 마치고 오라며 기원을 담은 제를 올렸다. 그 제가 끝나면 차마 떨어지지 않는 발길이라도 옮겨야 했다. 조그만 개울을 끼고 있는 우리 마을은 버스가 다니는 큰 도로까지 가려면 작은 돌다리를 건너야 했다. 군대의 규율이 어떠한지 이해할 수 없는 아이는 엄마의 눈물을 보며, 어디 멀리 간다는 느낌이었을 것이다. 동생이지만 나이 차이가 많이 나다 보니 오빠는 동생을 귀엽게 보았고 동생은 오빠를 많이 따랐던 것이라 믿어진다. 60여 년의 세월이 훌쩍 가 버린 지금 생각하니 내 고향 개울의 징검다리도, 오빠도 모두가 아련한 추억의 한 페이지로 다가온다.

많은 비가 내렸을 때에는 제 모습을 감추었던 다리, 개울물이 줄어들면 많은 사람들의 등이 되어 이쪽과 저쪽을 연결해 주는 역할을 했다. 그때의 징검다리는 지금처럼 기계로 만들어진 반듯

반듯한 모양이 아니라 자연석 그대로여서 울퉁불퉁했다. 한 발을 잘못 디뎠다가는 그대로 풍덩 빠졌다. 가끔은 그 위에 앉아 물 아래 피라미들이 뛰놀고 있는 모습을 가만히 보다가 조심조심 몇 마리를 고무신 안으로 유인하는데 성공하면 공들인 성취감에 즐거워했다. 동생과 건널 때는 좁은 돌이라 둘이 함께 건너지 못하면 먼저 건너가서 손을 잡아 주며 건너오라고 했다. 오빠가 군대 가던 날 따라간다던 어린 아이는 다리를 단번에 건너지 못해 하나 건너고 행여 잘못 디뎌 빠질까 망설이다 그만 물속에 빠졌다. 그 사이 오빠는 내 눈에 보이지 않을 만큼 멀리 갔다. 삐뚤빼뚤 연필로 국군아저씨께 보내는 편지를 썼던 기억이 난다. 가물가물 희미해져 가는 이야기들, 언젠가 사라질 그림자일지라도 하나둘 불러 모아 내 영혼의 조각보 하나 만들어 본다.

수많은 단어들이 있지만 가만히 음미해 보니 향수에 젖게 하는 묘한 마술을 가지고 있다. 중간에 놓여 양쪽의 관계를 연결해 주는 매개체 역할을 할 뿐만 아니라 나 스스로도 역사의 한 페이지를 건너가게 하는 징검다리가 될 수 있다는 것이다. 눈에는 보이지 않아도 햇살 한 올 바람 한 점 지나가는 내 몸이 아닌가 생각하니 무엇 하나 크게 이루어 놓지 못해도 얼마나 귀한 존재인가. 무의미하게 살아가는 것 같지만 우리 개개인도 하나님의 뜻과 계획이 지나가는 징검다리 역할을 한다고 하니 나 자신도 소중하게 돌보아야 하리란 생각을 하게 한다.

사람과 물건과 소식이 지나가듯 오늘 서 있는 그 자리에서 충실

하게 살아가는 것이 주어진 역할을 잘 하는 것이다. 나의 존재가
치가 최고로 아름답게 빛을 발하는 것은 크고 위대한 일을 해서
가 아니라 징검다리처럼 그 자리에서 거센 물살 맞아가며 묵묵히
살아가는 그 모습이 아닌가 생각할 수 있다. 이름도, 빛도 없이 가
정에 충성했던 어머니의 삶을 돌아본다. 자신의 이름 기억해 주
는 이 없어도 가족 구성원 한 사람, 한 사람이 일어설 수 있도록
보이지 않는 징검다리의 역할을 했기에 허허벌판 세상에서도 모
든 가족들이 홀로 우뚝 서 롤러코스트 같은 인생을 살아갈 수 있
게 했다. 때로는 자식의 등이 되어 한 평생을 살아가게 된다. 한
생명이 걸음마를 시작하기까지, 그 후로 일어나는 갖가지 희비의
일상은 하나하나 다 열거할 수 없을 만큼 많았다. 생각하니 꼬부
라진 허리가 예사롭게 보이지 않는다. 세상 그 무엇보다 어머니
의 등은 위대하다.

# 언어에 대하여

"물 좀 주세요. 밥 좀 주세요." 등 하루에도 수없이 많은 말을 한다. 멀리 있는 친구나 부모님, 자녀들에게 전화를 하거나 문자 메시지를 보낸다. 이렇게 사람들은 말과 글로 의사소통을 하는 방법을 사용한다. 함께 살아가는 사회에서 소통의 도구로 없어서는 안 될 소중한 것이다.

'언어는 크게 음성언어와 문자언어로 나뉘어져 듣기와 말하기는 음성언어, 읽기와 쓰기는 문자언어로 구분한다.'고 한다. 쉽게 사용하여 생활의 편리함을 주지만 잘못 사용하여 상처를 주기도 하므로 언제 어디서나 어린아이의 마음을 쓰다듬듯 조심스럽게 다루어야 한다.

요즘은 애완동물을 많이 기르고 있어 마치 친구처럼 한 가족으로 살아가는 사람들이 있다. 그럼 동물에게 친구들과 놀고 싶을 때, 물이 먹고 싶을 때, 배고플 때 우리는 "우리 어디 놀러가자."도 언어가 있을까, 많은 과학자들이 학습을 통해 언어를 습득할 수 있는지 실험을 해 보았다. 그 결과 아무리 똑똑한 동물이라도 인간과 같은 언어를 가질 수 없다는 결론을 내렸다고 한다. 그 예로 인류와 가장 가깝다는 침팬지의 새끼와 갓 태어난 아기와 함께 같은 환경에서 길렀을 때 인간과는 달리 침팬지는 언어를 습득할 수 없었다고 한다. 따라서 언어는 인간만이 가진 독특한 것이고 인류를 다른 동물과 구분하는 특징 중 하나라고 한다.

그럼 수많은 동물 중 인간만이 사용할 수 있는 말의 특권을 어떻게 사용하고 있을까, 생각하지 않을 수 없다. '말 한마디로 천 냥 빚을 갚는다.'는 속담은 모르는 사람이 없을 정도지만 우리는 쉽게 말을 하여 상처를 주고 상처를 받기도 한다. 똑같은 단어라도 각 지방의 억양에 따라 부드럽게, 거칠게 들리기도 하여 듣는 이로 하여금 마음을 편안하게, 불편하게도 한다. 그뿐만 아니라 개개인의 특성에 따라 다르게 나타날 수 있으니 어려운 숙제일 수도 있다. 어떤 사람은 몰라서 그것이 '어디에 있느냐.'고 묻는데 '그것도 모르느냐.'면서 큰소리부터 먼저 내는 사람이 있다. 그러면 다시는 그 사람과 대화를 하고 싶지 않을 것이다. "네 한 번 찾아볼게요." "저쪽 어디쯤 있으니 가 보세요." 한다면 서로가 편안한 마음으로 문제를 풀어나갈 수 있을 것이다. 이런 일들은 가장 가까운 가족 구성원 사이에서 일어나 많은 상처를 받게 되니 안타까운 일이다.

《모든 관계는 말투에서 시작된다》는 책을 보았다. 이 책에서는 커피 한 잔의 온도만큼이나 너무나 사소해 간과하기 쉽지만 모든 인간관계에 큰 영향을 미치는 것이 말투라고 했다. 지금 나는 나의 말투로 인해 누군가에게 상처를 주지는 않았는지, 또 다른 이의 말투로 인해 나 스스로 상처 받지는 않았는지 생각하며 돌아보아야 할 것 같다. 그럼 아름다운 말과 고운 말은 어디서 생겨날까, 태초에 하나님이 천지를 창조하실 때에는 "보시기에 심히 좋았더라."고 긍정적인 말만 했다. 언제부터인가 인간은 긍정의 말보다 부정의 언어인 불평을 쏟아 놓기 시작했다. 불평의 말은 하는 사람과 듣는 사람 모두가 마음이 편하지 않을 것이다. 경멸의 말투 또한 상대방을 무시하는 데서 온다고 하니 이 또한 조심해야 하리라 믿는다.

몇 해 전 특강 시간 때 아이들과 함께 하면서 두 개의 도시락에 하얀 쌀밥을 준비해 간 적이 있었다. 며칠 후 똑같은 쌀밥이지만 칭찬과 격려의 말을 해 준 도시락에는 색 하나 변하지 않았는가 하면, 불평과 불만 나쁜 말을 한 도시락에는 곰팡이가 피었다는 실험결과를 이야기한 적이 생각났다. 이처럼 생명이 없는 무생물에게도 말 한마디에 따라 변화를 일으킨다는 것 놀라운 일이 아닐 수 없다. 인간이 무생물이라 하는 쌀 한 톨도 말은 할 수 없지만 듣는 귀가 있으리라 믿어지게 했다.

함부로 말을 하지 말 일이다. 자신의 기준에 따라 상대방을 판단하여 함부로 말을 한다면 쓰러져 가던 생명 겨우 살아나 희망을 가지려 하는데 그 한마디의 말 때문에 천하보다도 귀한 생명 돌이킬 수 없는 참담한 현실을 만들고 만다.

경청의 단어에 귀 기울여 볼 일이다. 이야기를 하다 보면 자신의 말만 하고 상대방의 말은 끝까지 듣지 않는 사람들을 본다. 그 사람의 말이 야무지지 못하고 어눌하다 하여 듣지 않는 것은 인격을 무시하는 것이다.

성경에 있는 몇 곳에서 말에 대한 교훈을 얻고자 적어 본다. '칼로 찌름같이 함부로 말하는 자가 있거니와 지혜로운 자의 혀는 양약과 같으니라.' (잠언 12:18)

'선한 말은 꿀 송이 같아서 마음에 달고 뼈에 양약이 되느니라.' (잠언 16:24)

'경우에 합당한 말은 아로새긴 은 쟁반에 금 사과니라.' (잠언 25:11)

말의 핵심은 상대를 존중하고 귀하게 여기는 사랑의 마음에 있다는 것, '멋진 인생은 멋진 말에 있다'고 했으니 우리 모두는 말에 대한 예의를 다시 한번 되돌아보는 시간이었으면 한다.

5부
-----

은혜 아니면

# 끝


저기 가면 찾을 수 있을까, 아스라이 멀어져 가는 불빛을 잡으려다 깊은 웅덩이에 빠진다. 닿을 듯 말 듯 보이는 시퍼런 물이 삼킬 것만 같다. 스치고 지나는 죽음의 촉수가 혀를 날름거리면 등골이 오싹해지는 순간 비명을 지른다. 아직은 숨 쉬고 있음의 명명백백한 현실이다. "괜찮아, 넌 할 수 있어, 다시 일어설 수 있어, 얼마든지 할 수 있어." 수화기 너머의 그녀를 생각한다.

묘하다. 잘 가꾸어진 정원의 아름다운 꽃들과 별들이 새 생명의 잉태를 위하여 속살거린다. 시샘이라도 하듯 나타난 검은 구름 폭풍우의 위력 앞에 어질어질 하다. 언제 추운 겨울 논두렁 밑에서 꽁꽁 언 손을 녹여 주던 햇살의 따스함을 안았을까 가물가물해진다.


한밤중에 걸려 온 한 통의 전화, 한동안 잊고 있었던 지인의 목소리다. 무슨 일이기에 이 시간, 의문의 생각이 내리기도 전, "떠났어, 약속도, 사랑도 믿음도." 삼키는 울음소리가 심장을 찌른다. 더 나은 삶을 위하여 밤낮 온 맘을 다하여 일구어온 순간들이 하루아침에 구겨진 휴지 조각이 되고, 도움을 구했던 이웃들 어

내 영혼의 조각보

디론가 다 가 버렸단다. "어떠한 처지에 놓이더라도 정직하고 바르게 살아야 한다."는 신념이 스쳐지나간다. 그래도 하늘 아래 숨 쉬고 있으니까 다시 일어설 수 있다며 용기를 건네 보지만 순간의 고통은 자신이 되어 보지 않고는 그토록 아플 수 없다는 것을 알면서도 말이다.

날마다 숨 쉬는 순간마다 내 앞에 일어나는 일들이 평온했으면 하는 바람의 기도는 침묵의 상태로 갈수록 복잡해지는 일들, 오늘은 동에서 내일은 서에서 나 아닌 이웃의 고통으로 내가 감수해야 하는 일들이 자꾸만 옥죄어 온다. 힘을 내라고 말은 하지만 현실은 아득하다. 경제적 정신적으로 도움을 요청하는 이웃들에게 주지 못하는 자신이 작아지기만 한다.


"그래도 용기를 내리라." 아무리 힘들어도 자신이 말하는 대로 뇌는 인식을 하여 그대로 이루어진다는 긍정의 말을 생각해본다. 하지만 예고 없이 찾아온 코로나19란 바이러스는 또다시 삶을 통째로 삼키는 듯했다. 나 혼자만의 문제가 아닌 현실을 알면서도 엎친 데 덮친 격이었으니 더 이상 할 말을 잃어버리게 했다.

어쩌면 죽음의 통보를 받게 될지도 모른다는 젊은 이웃의 비보 앞에 하늘이 노란 것이 아니라 온통 새까만 먹물을 쏟아 부은 것 같았으니 삶이란 고개는 넘어갈수록 더 험산준령이라는 것을 실감하지 않을 수 없다. 다 잃어도 건강만 있으면 일어설 수 있다고 용기를 보내며 하루하루를 살아가는 사람들, 코로나19란 바이러스는 그 말조차 못하게 입을 막았다. 가게 문이 닫히고 수입이 없어지면 일일 생계수단마저 영향을 미치니 이상과 현실의 벽은 영영 허물 수가 없는 것인지도 모른다.

처음 코로나19가 시작되었을 때, 이 해가 가고 새날이 오면 끝나리라 희망을 안고 조심조심 모두가 힘을 모았는데 아직도 끝나지 않았다. 이로 인하여 경제적인 문제뿐만 아니라 정신적으로도 어려움을 겪는 이들이 많아졌다. "그래도 힘을 내 보자."라고 나 스스로도 다짐을 하며 모든 이들에게 응원을 보낸다. 만물의 시작과 끝이 있듯이 우리를 괴롭히는 코로나19바이러스도 언젠가는 항복할 것이며 끝내 우리는 승리할 것이라는 것을 믿는다.

내 영혼의 조각보

# 지체의 제 역할

"와 눈이다." 아이들은 신이 났다. 하늘하늘 내려와 안기는 꽃잎처럼 사뿐사뿐 걸어와 곁에 앉던 그 모습에 춤이라도 추고 싶을 만큼 즐거웠던 감동의 순간, 오래 간직하고파 달려가는데 시샘이라도 하듯 언제 보았는지 폭풍우가 몰려온다.

현재의 시간은 영원히 존재할 수 없고 순간 스쳐가는 찰나에 불과할 뿐임을 느끼지 않을 수 없다. 오래도록 곁에 머물기를 바랐지만 심술궂은 바람은 온 세상을 아수라장으로 만들었다. "왜일까." 의문을 던져 본다. 심술궂은 날씨가 우리를 힘들게 하지만 어쩌면 자연현상의 한 지체이리라. 인간의 편리함만 추구하다가 자연 속의 어느 곳에서는 숨통이 막히어 헉헉 거리고 있는지도 모른다. 그러나 타인에 의하지 않고는 스스로 헤쳐 나올 수 없기에 세차게 몰아치는 폭풍우나 눈보라, 홍수가 그들에게는 청량제가 될 수 있다는 것이다. 마냥 미워하지만 말고 감사함으로 받아들여야 할 것 같았다.

읍사무소에서는 군민들의 안전을 위해 귀가를 서두르라고 방송을 하고, 이내 어둠이 내려와 둥지를 틀며 개구쟁이들의 등을 미니 커다란 눈뭉치를 안고 집으로 돌아간다. 신나게 뛰어 놀고 하하, 호호 웃으며 즐거워할 수 있는 것은 온몸이 건강하고 지체가 고루 평안하기 때문이리라.

얼마 전 지인이 발가락을 다쳐 수술을 했는데 너무 아팠었다고 했다. 순간, 몇 년 전 솥뚜껑이 떨어져 새끼발가락이 부서져 고생을 했던 일이 떠올랐다. 우리 몸의 아주 작은 새끼발가락이라도 하나가 아프면 온몸이 아프다는 것을 생각하게 했다.

하루의 끝자락에서 목욕탕으로 발길을 옮겼다. 마지막 손님을 보내고 하루를 정리해야 하는 일흔 다섯의 할머니는 늦게 오는 손님이 야속하기도 하련만 등까지 밀어주려 하신다. 한사코 말리지만 "저기 등밀이가 있지만 손만큼 깨끗하게 골고루 할 수 있나요." 하시며 입술로는 사랑의 속삭임을 보내고 두 손으로 나의 등을 아주 그냥 매끈하게 다듬어 주셨다.

오늘 할머니의 두 손은 당신 몸의 한 지체일 뿐만 아니라 이웃을 향한 배려의 마음으로 따뜻한 역할을 톡톡히 해 내신 것이다. 이렇게 아름다운 마음은 이곳저곳에서 상처 받고 쓰러지는 사람들에게 스며들어 용기를 주는구나 생각하니, 잠자던 용기가 기지개를 켜고, 내일을 향한 힘찬 발걸음이 세수를 하는 듯했다. 손과 발, 귀, 눈 등이 한 몸의 지체이듯이 가정은 가족 구성원이요, 국가는 각 가정이 지체가 되어 조화를 이루어 나가는 것이리라.

벌써 오랜 세월이 흘렀건만 빨간 티코 승용차의 수난을 잊을 수가 없다. 퇴근하는 남편과 학교에서 돌아올 아들의 저녁준비를 하고 있는데 어둠 속에서 울려 퍼지는 유리창 깨지는 소리, 어린

내 영혼의 조각보

두 아이를 두고 남편이 외도를 한 것이다. 후일에 알고 보니 엄마는 삶의 전선에 뛰어 들어야 했고 아들과 뿔뿔이 헤어졌다고 하니 얼마나 가슴 아픈 일인가. 이렇게 한 가정의 지체인 가장이 흔들리면 수없는 파장을 일으키고야 만다.

하나의 국가는 많은 백성들이 지체를 이루고 있다. 누군가 한 사람이 탈선을 하면 가까이든 멀리서든 수천만의 사람들이 아픔을 겪어야 한다. 나와 가정 국가의 행복한 삶을 위해서는 저마다의 맡은 자리에서 상대방을 배려하는 마음으로 각 지체의 역할을 성실하게 수행하는 아름다운 삶이었으면 좋겠다.

# 알 수 없는 일

알람이 울리지도 않았는데 소리가 들리고 의식의 감각이 여기 저기서 눈을 뜬다. 발가락이 꼼지락거리고 어둠 속 풀벌레들의 노래 소리가 창틈 사이로 들어와 속삭인다. "하루가 시작되었어." 일어날 채비를 하란다. 의식과 무의식의 세계가 궁금해진다. 눈을 깜빡거려 본다. 이 순간이 있기 전 잠 속에서의 6시간이 궁금하다. 아무것도 모른다. 이것을 무의식의 세계라고 하는 것일까, 불을 끈 상태의 어둠만이 알 수 있을까, 그 시간을 누가 지켜보았을까, 아무리 생각해도 알 수가 없다. 풀 수 없는 수수께끼를 마냥 붙들고만 있을 수는 없다. 오늘 해야 할 일들을 떠올려 본다. 출렁이는 바다에 들어가기 전 준비 체조를 해야 한다는 것을 오래 전 깨달은 것이리라. 세월의 무게에 둔탁해지는 육신의 마디마디 어루만지며 오늘 하루도 가는 길목마다 안전 운행 하라는 기도였으리라.

시간은 레일 위에 사람을 싣고 달리는 마차라는 생각이 든다. 아침 7시가 되자 공사장의 일꾼들이 약속이라도 한 듯 여기저기서 달려와 각자의 맡은 자리에 선다. 노인 일자리의 할머니가 아픈 다리와 휘어진 허리를 안고 일터에 선다. 한낮의 폭염을 피해 일찍 출발은 하지만 흘리는 땀방울은 막을 길이 없다. 호흡이 가빠진다며 아이스크림 몇 개를 사다 동료들에게 나눠 주며 "자, 이것 먹고 합시다." 하지만 갈증은 더 일어나고 이내 땀방울은 속바지를 타고 흐른다. 그래도 해야 하는 것은 삼시 세끼 밥을 먹어야 한단다. 어디 그뿐인가 초고속으로 달리는 문화의 흐름에 따라가자니 이것저것 얼마나 많은 경비가 필요한 것인가. 가끔은 삐걱거리는 육신 달래느라 병원도 가야 한다.

하루의 일과가 끝나갈 무렵 사이렌 소리가 들리고 이내 구급차와 소방차가 집 앞을 지나간다. 온몸에 경련이 일어난다. 어디서 무슨 사고가 났을까, 잠시 소리가 잦아든다. 가까운 곳이라는 예감에 대문을 나서는데 인근 공사장 높은 곳에서 사람이 떨어졌단다. 순간이다. 천년만년 살 것처럼 계획을 세우고 꿈을 꾸지만 사람의 일이란 한 치 앞을 모른다고 하더니 누가 이런 일이 닥칠 것이라고 생각이나 했을까, 60대의 인부라고 하니 하나의 가정을 지키기 위해 평생 부단한 노력을 했을 것이다. 그의 가족은 하루를 무사히 마치고 돌아오길 기다리며 정성 들여 저녁밥을 지어 놓고 기다리고 있었는지도 모른다. 며칠 후 끝내 의식을 찾지 못하고 먼 길을 떠났다고 하니 누군지는 모르지만 한평생 얼마나 고단한 삶을 살았을까 생각하니 가슴이 시려 온다.

내일이 염려되어 그대로 있을 수만은 없다. 아이는 엄마의 사랑을 먹으며 세상에 발을 디디고, 똑바로 서기 위해 넘어지고 깨어지며 아파하면서도 다시 일어선다. 한 발 옮기면서 그 전보다 더 넓은 세상을 바라보며 앞으로 나아가기를 갈망한다. 수없는 문제들을 묶었다 풀면서 꿈을 꾸고, 푸른 물살을 가르며 헤엄치기도 하며 거센 폭풍우 앞에 맞서기도 한다.

더 좋은 일, 더 잘 살기 위해 부단한 노력을 하지만 원치 않는 질병과 사고로 인하여 많은 아픔을 겪고 그 문제를 풀기도 전 인생의 마지막 종착역에 도착해야 하는지도 모른다. 선의의 양심으로 살고자 하나 보이지 않는 실체의 욕심이 낳은 죄의 결과로 아파하면서 살아간다. 오늘 여기 있는 구름 한 점 걷히면 환한 햇살이 돋아나 웃을 수 있으리라 믿는 순간 또 다른 흑암이 덮쳐 꼼짝 못하게 한다. 살아간다는 것은 아무도 해결할 수 없는 수수께끼 같은 것이리라는 생각이 든다.

"어머니, 이번 추석에는 외할머니 댁에 한번 가 봐요." 개구쟁이 철부지 어린 아이도 아닌데 갑자기 왜 이런 생각을 했을까 궁금한 생각이 들지만 늘 마음속에 살아 있어 힘의 원천이기도 한 내 그리운 고향집 한번 가자니 이 어찌 반가운 소식이 아닌가 싶어 "그래, 한번 가 보자."며 들뜬 기분으로 그날이 얼마 남았을까, 어린 아이가 소풍 날짜를 손꼽아 기다리듯 그렇게 하루하루를 살아가는데 한 통의 전화 "어머니 저 코로나19 확진이래요. 어떻게 해요. 추석이 얼마 남지 않았는데." 그리움과 추억의 꿈을 꾸었던 일들이 사라지는 것보다 아파서 어쩌지 하는 염려가 앞선다. 조금 있으니 수화기 너머로 들리는 목소리가 다르다. 온몸이 쑤시고 아프기 시작한단다.

사람의 일이란 예고 없이 문 앞에 서는 일이니 아무리 현명해도 미리 막을 수 있는 확률은 높지 않는 것인지도 모른다. 강한 태풍이 온다고 사전에 만반의 준비를 하라고 하지만 어느 정도 어떻게 막아야 할지 막연하다. 가까운 지역에서 보이스피싱을 당한 이웃이 있다. 이러이러한 일에는 보이스피싱으로 의심되니 조심하라는 문자 메시지가 날아오고 각 기관마다 홍보를 하지만 당하는 순간은 자신도 모른다. 사람이 사람의 꾀에 넘어가는 한계를 지닌 인간이 자연의 섭리 앞에 무슨 말을 할 수 있을까 싶다. 한 잔의 물 마실 수 있다면 서로를 보듬어 주며 마주하는 따스한 얼굴로 살아가는 삶이었으면 좋겠다.

# 비 오는 날

   연일 쏟아지는 더위의 기세에 쓰레기통의 벌레들이 떼죽음을 당했다. 지구촌 어디에서는 폭염을 견디지 못해 대지가 스스로 불을 질렀다는 소식이 전해진다. 야외활동을 자제하라는 방송이 흘러나온다. 귀가 멍멍해지도록 단단한 콘크리트 벽돌 해체 작업에 땀을 뻘뻘 흘리는 공사장의 사람들에게는 한줄기 시원한 비가 얼마나 고마운지 모를 것이다.

   채소들이 다 죽어 간다고 농부들의 한숨 소리가 여기저기서 쏟아진다. 아무리 물을 주어도 자연의 단비에 비교하랴 싶다. 해마다 이때쯤이면 홍수가 나 집들이 떠내려가고 가축들이 떼죽음을 당하는 일들이 그 해의 행사처럼 일어나지만 가뭄으로 농민들의 애를 태운다. 불타는 태양을 바라보니 언제 소나기 한 번만이라도 쏟아지면 좋겠다는 기원을 담아서일까, 그 도도한 태양은 어디로 숨었는지 밝은 햇살 사이로 보일 듯 말 듯한 실낱같은 빗방울이 떨어진다.

   반가움에 두 손을 내밀어 본다. 하나둘 손바닥 실금이 기지개를 켠다. 양쪽 손을 살살 비벼 본다. 언제 붙었는지 보이지 않던 먼지가 물방울 위로 동동 떠내려간다. 어느 사이 가랑비가 밥을 많이 먹었나 보다. 빗방울이 굵어진다. 대지가 일어난다. 풀 죽은 나뭇잎과 풀 이파리의 어깨가 올라간다. 풀지 못한 사랑의 응어리가 가뭄에 단비를 만난 듯 쏘옥 얼굴을 내미니 와장창 거울이 깨진다. 기다렸다는 듯 여기서 쏘옥 저기서 생긋 입가에 미소가 번진다. 약속이라도 한 것일까 수많은 꽃망울들이 폭죽을 터트리는 것 같다.

여기서 끝은 아니다. 목마름의 갈증에 애타는 뿌리 열매들의 간절한 기다림을 알기라도 했을까, 이내 대지 속으로 쏘옥 빨려 들어간다. 땅속 식구들이 반가움에 환영의 잔치를 연다. 농부들의 입가에 미소가 번진다. 가뭄에 이보다 더 좋은 영양제는 없을 것이다. 7월의 들판에 곡식들은 하루가 다르게 자라고, 배배 꼬인 나뭇잎들도 반가움에 기지개를 켜니 잠자던 매미소리 요란해진다. 늦은 가을 풍성한 열매들을 맺을 수 있도록 도와주리란 저들만의 약속인지도 모른다.

어릴 적 비 오는 날에는 특별한 간식이 없는 때라 밀이나 콩을 볶아 먹었다. 아니면 밀가루 반죽에 간장 간을 하여 밀전병을 부쳐 먹기도 했다. 궁금증이 생기면 처마 끝에 뚝뚝 떨어지는 빗방울을 보며 많은 생각을 했다. 갑자기 나의 눈물방울이 될 수도 있으리라는 생각에 슬퍼서 울기도 했었다. 어릴 적에는 엄마가 집에 보이지 않아도 울고, 어디 가시는데 따라오지 못하게 해도 울고, 아마 나는 눈물로 컸으리라는 생각을 해 본다. 나의 눈물과 빗방울이 합쳐지면 둘이서 어디로 갈까, 비 오는 날이면 끝없는 상상을 했던 어린 시절이 생각난다.

  똑같은 비라도 연륜의 숫자에 따라 느끼는 감정은 다르게 나타나 다양한 수채화를 그린다. 사춘기 때의 비 오는 날은 비를 맞으며 그냥 어디라도 가고 싶어 우산도 없이 그냥 걷기만 한다. 소낙비를 맞아도 옷이 젖을까, 감기 걸릴까 두렵다 생각하지 않는다. 연애하는 청춘 남녀라면 비를 맞으며 걸어도 둘이라면 마냥 행복할 것이다. 행여 비에 젖을까 봐 연인의 어깨에 양복을 벗어 살짝 얹어 주며 달콤한 사랑을 확인하는 순간일 수 있으니 이들에게 비 오는 날이란 사랑의 속삭임을 선물하는 날일 수도 있으리라. 반면에 중년이 지나고 노년에 이르노라면 가뭄에 오는 비가 고맙기도 하지만 자꾸 내리는 비가 못마땅하다. "이제 그만 와도 되는데." 하면서 지청구를 한다. 똑같은 비라도 누구를 만나느냐에 따라 다르게 나타난다. 그중 가뭄의 단비란 왕의 대접을 받으니 참 묘한 게 자연의 이치며 사람 살아가는 일이다. 사람도 누구를 만나느냐에 따라 평생을 귀하게, 또는 불행한 삶을 살아야 하니 마음씨 착하고 고운 사람 만나야겠다. 비를 맞으면 경직된 어깨가 부드러워지며, 더위를 먹은 나뭇잎과 풀 이파리의 어깨처럼 나의 어깨도 올라갈 수 있을까, 우산 없이 나도 비를 맞아야겠다.

# 나의 조국

어제의 일들이 까마득한 전설의 이야기로 들리는 것 같다. 계절이 지나가는 길목에서 가만히 귀 기울이면 풀벌레들의 기침소리가 반갑다. 밤비 내리는 어둠 속에서도 나란 존재의 의식을 깨울 수 있고, 그 장엄한 악기로 뽑아내는 신비의 선율은 침묵하는 나를 하늘로 땅으로 들어 올렸다 내린다. 살아가는 공간 속에는 예기치 못한 사건 사고들이 순식간에 일어나 당황하게 만들지만 행운 또한 예고 없이 찾아와 순간이지만 기쁨을 안아 보게 한다.

뜻밖에 찾아온 해외여행, 공모전에 보냈던 글이 당선되어 부상으로 3박 4일의 해외여행 기회를 얻었다. 여행을 마치고 인천공항에 첫 발을 내딛는 순간, 스치는 그 묘한 안도의 숨, 타국에서 일어날 사건 사고들을 잠시나마 마음속에 담고 있었던 무게가 컸음을 짐작하게 했다. 여행 중 여권을 잃으면 사랑하는 가족이 있는 고국으로 돌아올 수 없다는 불안감에 해외여행의 경험이 없는 나는 하루 여행을 마치고 잠자리에 드는 순간까지 긴장의 연속이었다. 경험자들의 이야기, 길가의 상인들이 붙들어도 사지 말아야 한다는 것, 유혹의 손길들이 아무리 불러도 속지 말아야 한다는 등등 불안의 요소들이 자꾸만 고개를 들지만 어느새 나도 모르게 귀가 솔깃할 때가 있었다. 모든 일정을 마치고 내 사랑하는 가족들의 품에 안기고 나서야 안도의 숨을 쉴 수 있었다.

나의 조국은 '태반'과 같다는 생각을 하게 했다. 임신 중 임시로 생기는 장기다. 엄마의 자궁 속에는 태반이 있다. 수많은 경쟁을 뚫고 하나의 씨앗이 탄생하여 대지에 내려놓일 때까지 영양분을 공급하여 자라게 한다. 엄마와 아기를 이어 주는 아름다운 인체 기관이며 태아의 따뜻한 보금자리다. 스스로 먹지 못 하지만 배 속에서 열 달 동안 자랄 수 있는 것은 태반 덕분이다. 출생과 동시에 함께 소멸된다고 한다. 인간이 죽음과 함께 이 대지에서 사라지는 것과 같은 것이리라 생각하니 자연의 이치가 참 묘하다는 생각을 하게 했다.

사계절이 아름다운 나의 조국이 자랑스럽다. 우리 모두는 엄마의 배 속에서 분리되는 순간부터 자연이 주는 공기와 햇빛, 바람, 공기, 물 등 그들이 주는 다양한 혜택을 받으며 살아간다. 아무리 건강하여도 물 하나만 없어도 일상을 지탱하기 힘들 뿐만 아니라 생명을 유지하기 어렵다. 좁은 땅이며 분단의 아픔을 안은 채 부모형제가 함께 하지 못하는 현실이지만 사계절이 뚜렷한 아름다운 곳에서 살고 있다. 봄이면 딱딱한 대지를 뚫고 나온 새싹들의 나폴 대는 모습이며, 갖가지 이름 모를 수많은 꽃들, 여름이면 푸른 녹색의 산과 들, 지저귀는 새소리들, 가을이면 지난여름 시시때때로 몰아치며 괴롭혔던 폭풍우와 같은 시련들을 잘 견뎌 내었다. 가을이면 풍성한 열매들을 맺을 수 있도록 도와주니 수고한 농부들의 가슴을 넉넉하게 만든다.

열심히 일한 자에게는 넉넉한 마음으로 휴식을 제공한다. 겨울은 지난 봄, 여름, 가을에게 열심히 일했으니 "수고했어." 하면서 잠시의 쉼을 허락한다. 내일의 봄을 위한 것이니 하얀 눈송이로 따뜻한 이불까지 만들어 덮어 준다고 생각하니 비록 차갑게 느껴지는 계절이지만 어머니의 가슴만큼이나 넓고 아름답게 느껴지는 것이다.

사계절이 뚜렷한 나의 조국이 자랑스럽다. 아무리 타국이 좋은 곳이라 하더라도 나의 일생을 안전하게 지켜 주고 마지막 나의 육신이 한 줌 재로 변하여도 거부하지 않으며 받아 줄 곳, 우리 모두가 아름답게 가꾸어야 한다는 것은 짧은 여행을 통하여 느꼈던 것이다. 문명의 위기로 불안한 현재를 살아가고 있지만 마지막 거할 안식처가 있다는 것에 위로를 받으며 안도의 숨을 쉬는 것이다.

전쟁으로 인해 나라를 잃고 난민이 되어 이곳저곳으로 떠돌아야 하는 사람들을 본다. 굶주림과 질병 등으로 수많은 고난을 겪지만 그들을 받아 주길 쉽게 허락하지 않는 이웃들이 있으니 불안하기만 할 것이다. 더 나은 삶을 살기 위하여 타국으로 일자리를 찾아 떠나지만 이방인이 되어 외톨이가 되니 어디 정든 자신의 조국보다 나을 수는 없을 것이다. 미국 35대 대통령 존 F 케네디는 취임연설에서 "여러분의 조국이 여러분을 위해 무엇을 할 것인가를 묻지 말고, 조국을 위해 여러분이 무엇을 할 수 있을 것인가를 물으시오."라고 했다.

조국과 민족을 지키기 위해 어떤 마음과 각오로 살았는지 이스라엘 백성들의 이야기를 살펴본다. 당시 아하수에로왕이 왕후 와스디를 폐위하고 에스더를 왕후로 삼았다. 에스더는 조실부모하여 사촌인 모르드개에 의해 딸같이 양육 받았다. 그는 왕후가 된 후에도 모르드개의 말에 잘 순종했다. 당시 왕의 총애를 받던 하만이라는 자는 교만하기 그지없어서 왕을 제외한 모든 자가 자신 앞에서 무릎 꿇고 절하기를 원했다. 그러나 모르드개는 하만에게 절하지 않았다. 하만은 분을 참지 못해 모르드개뿐 아니라 그의 민족까지 말살시키려는 음모를 꾸몄다. 하만은 아달월 십삼 일 하루 동안에 모든 유대인을 진멸하고 재산을 탈취하라는 내용의 조서를 각 지방에 내리게 했다. 이 사실을 알게 된 에스더는 하만의 음모를 막을 자는 왕뿐이라는 사실을 알고 "죽으면 죽으리라"는 각오로 왕 앞에 나아가 간청하여 자신의 조국을 구하게 된다. 당시에는 왕후라고 해서 왕이 부르지 않는데 왕 앞에 나아가서는 안 되는 엄격한 법을 알면서도 조국과 민족을 지키기 위해 죽음도 불사한 에스더의 헌신적 행동으로 민족과 나라를 구했던 것이다.

우리나라가 수많은 외세의 침략을 받으면서도 사랑하는 나의 조국을 지켜 낸 것은 육지와 바다에서 이름도 없이, 빛도 없이 자신을 희생시킨 수많은 순국열사들이 있었기 때문이다. 우리의 주권을 빼앗기지 않으려고 온갖 모진 고통 감당하신 희생자들의 숭고한 뜻 다시 한번 새겨 본다면 지금의 시간들이 참으로 소중하게 어겨지리라 믿는다.

6월은 현충일이 있는 호국의 달이다. 꽃다운 나이에 조국을 위해 목숨을 바친 수많은 영혼들의 희생이 헛되지 않도록 가끔은 가던 발걸음도 돌아볼 줄 아는 시간이 되었으면 좋겠다. 현충일 행사를 마치고 가슴에 훈장을 여러 개 달고 걸어오시는 할아버지의 지팡이 속에서 내 조국의 깃발이 휘날리고 있음을 보았다. 세월의 숫자가 할아버지의 허리를 휘게 하여도 그분의 가슴 속에 담긴 위대한 사랑에 감사를 보낸다.

소중한 조국을 사랑하는 길은 무엇이며 어디에 있을까, 큰 것에 있지 않다. 자신과 가정에서부터 신뢰의 성을 쌓아야 할 것이다. 급격하게 변화하는 문명의 위기로 겉으로는 화려해 보이지만 심성은 병들었고, 인간으로서 지켜야 할 도덕윤리는 파괴되어 산산조각이 난 곳이 많다. 자세히 들여다보면 물질의 풍요는 한 가정의 중심이 되어야 할 부부사이를 흔들리게 했다. 그 믿음이 무너지면 미래를 이끌어 갈 자신의 자녀들에게 상처를 주어 혼란을 야기케 한다.

나의 소중함은 곧 사랑하는 나의 가족과 이웃, 동족의 소중함이라 생각하며 그들이 무엇을 말하는지 들어야 할 것이다. 똑같은 피를 나눈 동족이거늘 한 사람의 잘못된 사상으로 누려야 할 자유를 누리지 못한 채 죽어 가고 있는 부모 형제들, 하루빨리 평화의 통일이 이루어져 아름다운 조국에서 마음과 마음을 이어가는 삶이 펼쳐지기를 기대한다.

많은 사람들이 교육의 부재를 말한다. 먼저 혼자가 아닌 함께 살아가는 데 필요한 윤리와 도덕, 사회질서, 관계의 소통에 대하여 서로를 배려할 수 있는 확고한 의식을 심어 주어야 할 것이다. 이러한 정신적 자세가 바로 되지 않은 상태에서의 만남은 어색하고 부딪히는 소리만 커질 것이다. 내 마음이 넉넉해야 이웃을 받아들일 수 있는 가슴도 넓어질 것이라는 것을 되새기며 새로운 각오를 해야 할 것이다.

숲속의 풀잎 향기 코끝을 간질이면, 부끄러움 없이 마음 문 활짝 열어줄 수 있는 정직하고 신실한 삶을 엮어 가는 사람, 자연의 아름다운 속삭임에 귀 기울여 들을 줄 아는 사람, 자기에게 주어진 길을 후회 없이 걸어가는 한 사람으로 감사의 마음 담아 한 생애가 부끄럽지 않은 삶이기를 간절히 담아 본다.

# 담장

　오늘은 이곳, 내일은 저곳에서 토닥토닥 집을 짓고 잠시 여행 꾸러미들을 내려놓으며 쉼을 얻던 곳들, 산을 넘고 푸른 물살을 가르느라 허덕이며 숨 가빴던 날들, 돌아보면 순간이었고 그렇게 도 꼬불꼬불했던 길들이 수평선으로 이어지고 있었다. 그때에 부 딪혔던 거대한 산들이 오늘은 한 점으로 다가오니 흐르는 시간 속에 존재의 형상이란 많은 물음표를 달게 한다.

　이 시간, 여기 있으리라고 예고한 바는 아니었지만 영원이 아 닌 유한의 삶을 살고 있구나 생각하니 괜스레 마음이 바빠진다. 모든 사물을 만나면 가슴 두근거리는 열아홉인데 거울 앞에 서니 착각하지 말라 이른다. 해는 이미 서산으로 기울고 노을은 언제 왔는지 어깨동무 하잔다. 삶과 죽음의 교차로에 서면 아무 말도 할 수 없는데 그 담을 넘지 않겠다고 얼마나 많은 노력을 하는지, 부질없는 생각인 줄 알면서 말이다.

　"너는 담장 너머로 뻗은 나무, 가지에 푸른 열매처럼 하나님의~" 요즘 자주 듣게 되는 노래다. 조용히 듣노라면 엄마의 젖꼭지를 물고 우쭐대던 아이의 모습이 옛이야기로 남는데 훌쩍 커 버린 아 들을 안고 있는 착각에 빠진다.

아이들의 등교가 끝나고 조용한 시간, 민이 엄마와 한 젊은 새댁이 6~7개월쯤 되는 아기를 업고 왔다. 시골에서 어린 아기를 만날 수 있다는 것은 침체된 삶의 활력소가 될 정도로 보기 어렵기 때문일까, 엄마보다 아기에게 먼저 눈길이 갔다. 젊은 새댁은 처음 보는 얼굴이지만 민이 엄마는 만난 지 몇 년이나 되었다고 친근감의 두께가 제법 쌓였나 보다. 젖을 먹여야겠다고 방으로 들어왔다.

젖꼭지를 입안에 감추고 유리알처럼 맑은 두 눈으로 감사를 보내며 행복해하는 모습, 포동포동한 두 다리를 올렸다 내렸다 하다가는 아랫입술과 윗입술 사이의 간격을 두지 않은 채 사랑의 눈짓을 보낸다. 생수의 한 방울 온몸에 퍼지면서 행복에 겨운 아기, 엄마는 "아야" 하는데 까르르 웃으며 다시 한번 물어 본다. 엄마와 아기의 모습이 너와 나, 온 세상 사람들과 영원히 이어지는 행복이었으면 하는 바람을 가져 본다.

한 생명을 태중에서 세상으로 보내기까지 사투를 벌이는 엄마와 아기의 고통을 생각해 본다. 이가 부서지고 발가락이 뒤틀리는 현상이 나타나고 생명의 위험까지 감수해야 한다. 그렇게도 귀한 생명이 죽음의 담을 피해갈 수 없으니 이 아이러니한 운명 앞에 무슨 말을 하겠느냐며 반문해 보지만 정확한 답은 얻을 수가 없다.

때로는 예고 없는 부음의 소식을 들으며 한순간도 살 수 없을 것 같아 주저앉는다. 흐르는 시간에 묻혀 희미하게 지워지는 게

내 영혼의 조각보

자연의 이치인 것을 알면서도 말이다.

작은 실수 하나 용서하지 못하고 가슴에 옹이 하나 박은 채 조그만 것들에 집착하여 허물지 못할 담을 쌓고 살아가는 사람들, 얼마 전인가 보다. 집을 짓기 위해 측량을 하다가 1미터의 오차를 이해하지 못하고 양쪽 땅주인의 언성이 높아지는 것을 보고 가장 크면서도 가장 작은 것이 사람의 마음이라는 것을 생각하니 아쉽기만 했다.

한 발자국만 멀리 서 이해한다면 얼마나 아름다운 이웃이 될 것인가, 상반된 이념의 담장을 넘어 내 안의 나를 가두지 말고 자연이 우리에게 선물한 돌담의 여유와 인내, 사랑을 되새기며 소곤소곤 정다운 얘기 엮어 가는 평화의 세상이었으면 좋겠다.

# 지각

"뛰어, 뛰어." 공동체의 생활 속에서 정해진 시간에 도착하지 못하면 누가 나무라지 않는데도 마음이 바빠진다. 습관이 그렇게 길러져서 그런지 모르지만 회사나 학교, 어디에나 늘 지각생은 있다. 이유도 여러 가지다. 아파서 병원에 갔다 온다든지 집안에 무슨 일이 일어나는 부득이한 경우도 있다. 생각의 지각생도 있어 늘 버스 지나고 나서야 중요한 것을 기억해 낸다. 순간을 재빠르게 대처할 능력이 부족한 것은 아닐까 생각할 수도 있다.

어려웠던 시절 한글을 배우지 못한 세대들이 여든이든 일흔이든 상관없이 한글 공부를 시작한다. 까막눈으로 살아온 지난 세월이 억울하여 손을 내밀어 본다. 비록 지각생이지만 배움에 대한 열정만은 어느 청년에 비할 바가 아니다. 육신은 시들어 가 힘겹게 보이지만 쉽게 포기하지 않는다. 한글 한 자를 배워 시도 쓰고 편지도 쓴다. 얼마나 뿌듯한 일인가.

며칠 전 대문을 여는데 플라스틱 틈 사이로 아주 어린 풀 한 포기가 눈에 띄었다. 흙이라곤 보이지 않았다. 신기하여 어디엔가 뿌리를 내릴 만큼 흙이 있으리라 믿으며 물을 주었다. 길을 지나던 사람들도 신기하다며 잘 키워 보라고 했다. 며칠이 지나자 많이 자랐다. 이대로 두었다간 어느 발길에 밟혀 죽을 것만 같았다. 자세히 살펴보니 참외였다. 누가 심은 것도 아닌데 어디에서 씨앗 하나 떨어져 싹을 틔운 것이다.

말을 할 수 없고 태어난 환경이 아무리 열악해도 누가 옮겨 주지 않으면 한 발자국도 이동할 수 없는 식물이다. 그런 식물이지만 사람들에게 시원한 과일을 선물하지 않는가. 대견스럽기도 하여 이대로 죽게 할 수 없다는 생각이 떠올랐다. 마침 빈 화분이 하나 있어 옮겨심기로 했다. 조금이라도 생명을 연장시켜 주고 싶었다. 뽑다가 행여 중간에 끊어질까 조심조심 살며시 당겼다. 성공이다. 화분에 옮기고 물을 주며 정성을 들였다. 며칠 지나니 노란 꽃이 피었다. 이제 열매도 맺을 수 있겠다는 확신이 섰다. 하지만 얼마 지나지 않아 그렇게 활짝 피웠던 노란 꽃은 시들어 힘없이 땅에 떨어졌다.

영양분이 모자랐는지 가을이 가까운 시기여서 그런지 알 수 없지만 잎은 단풍이 들고 하나의 꽃이 시들어 지면 또 하나의 꽃이 피어나기를 반복, 세어 보니 7개나 되었다. 행여 열매를 맺다가 부러질까 기대며 살아 내라고 좁은 화분에 4개의 막대기를 꽂아 주었다. 하지만 한 개의 열매도 맺지 못하고 하나둘 시들어 떨어졌다. 언제 심어 어떻게 우리의 입까지 전달될 수 있는가 생각해 본 적 없었던 참외, 궁금하여 그의 일생을 살펴보았다. 참외는 3월이 파종 시기이며 4월에 정식하여 6~7월이 수확 적기다. 아주 심기 후 30일 전후로 수확이 가능하다는 것을 알게 되었다. 시지 않고 달달하여 제철이 되면 내가 가장 많이 먹던 과일이었다.

말이 없는 식물이지만 사람의 일생과 닮았다는 생각을 하게 했다. 똑같은 생명으로 대지에 뿌리를 내리지만 옥토와 자갈밭, 어디에 뿌리를 내리느냐에 따라 그의 일생이 달라진다는 것이다. 사람도 마찬가지다. 생명으로 태어나 누구를 만나느냐에 따라 어떤 환경이 주어지는지에 따라 말 한마디부터 행동 하나하나까지 달라진다는 사실 앞에 부모의 역할이 새삼 중요하다는 것을 느끼게 했다. 환경으로 인하여 배움의 기회를 놓친 사람들이 늦은 나이에도 도전하지만 제 시기에 배우는 아이들과 같지 않다는 것을 느낄 것이다. 하지만 하나를 배움으로 새로운 것을 알아가는 기쁨은 어느 그 무엇에 비교할 수 없다. 배움의 지각생이어도 좋다. 이제 그들이 한글을 깨우쳐 자신의 집 가는 버스를 남에게 물어보지 않고 당당하게 탈 수 있으니 이 또한 배움의 즐거움이 아닌가. 나 또한 또래보다 3년이나 늦은 나이에 중학생이 되었다. 순간의 기쁨을 알기에 일흔이나 여든에 배움의 길로 향하는 그 마음을 짐작케 하는 것이다.

파종하여 수확이 끝난 이후에 싹을 틔운 참외는 지각생이어도 한참 늦었다. 그래도 대견하게 느껴진다. 신기하게 느낀 나를 만나 꽃까지 피울 수 있었으니 감사할 것 같았다. 한 송이도 아닌 7개의 노란 꽃으로 잘 보듬어 준 내게 보답이라도 하듯 했으리라 믿으니 고맙다. 비록 열매까지 맺지는 못했지만 동동거리는 이웃에게 기쁨을 주지 않았는가. 아쉬움에 행여 여러 개의 꽃 중에 하나라도 열매를 맺을까 하는 마음에 살피던 중 "와, 성공이다. 해냈어." 이파리는 단풍이 들고 이내 말라 죽는데 두 개의 꽃이 진 자리에 아주 작은 열매가 맺혔다. 얼마나 대견한지 꼭 안아 주고 싶었다.

학교에도 직장에도 지각생이 있다. 어떤 사정으로 인하여 생겼는지는 저마다의 사정이 있다. 하지만 비난이나 야유를 보내지 말고 응원을 보내며 격려의 말 한마디 다정하게 해 준다면 용기를 내어 현재의 어려움을 잘 극복해 낼 것이라 믿어진다. 다만 나의 지각이 공동체에 피해를 주는 일이 없도록 노력해야 할 것이다.

인생에도 파종시기를 놓쳐 실망하는 일이 있다. 그래도 노력하면 내가 거두어 준 참외처럼 꽃을 피워 이웃에게 기쁨을 줄 수 있다. 오늘 하루도 주어진 자리에서 최선을 다하는 삶이 되어 나와 이웃에게 기쁨을 주는 아름다운 동행이기를 바란다.

# 은혜 아니면

이른 새벽 살며시 창을 열어 하늘 보라
어둠 밝히는 밝은 달빛 손 내밀어 오라 하고
수많은 별들 반짝반짝 숲속 친구들 부르니
화답하는 새들의 노래 소리
아름다운 화음 속에 춤추는 나뭇잎들
바람도 햇살도 하나 되어 살랑살랑
겨드랑이 곁에서 행복을 만들어 가지만
은혜 아니면
내 눈 열어 볼 수도
내 귀 열어 들을 수도 없는 일이지요

내가 할 수 있다 뛰기도
나는 할 수 있다 쉼 없이 달리며
영광이 면류관이라 환호의 깃발을 높이지만
은혜 아니면
내 작은 신음의 응답도
한 발자국 나아갈 용기도

내 힘으로 할 수 없다는 것을
조용히
두 손 모아 눈을 감아 본다

# 내 영혼의 조각보

ⓒ 이정옥, 2022

초판 1쇄 발행 2022년 10월 27일

지은이     이정옥
펴낸이     이기봉
편집       좋은땅 편집팀
펴낸곳     도서출판 좋은땅
주소       서울특별시 마포구 양화로12길 26 지월드빌딩 (서교동 395-7)
전화       02)374-8616~7
팩스       02)374-8614
이메일     gworldbook@naver.com
홈페이지   www.g-world.co.kr

ISBN    979-11-388-1336-5 (03810)

· 이 책의 제작을 위해 산청군 문화예술진흥기금에서 일부 지원받았습니다.